廖嘉玉（Sandy 老師）

求學時期

　　Sandy 老師畢業於中國文化大學韓國語文學系，並以優秀的成績第一名推甄錄取中國文化大學韓國語文學系研究所，以第二名優異的成績畢業。在碩士班以前，Sandy 老師就已經因為韓語實力受到老師的認同，所以拿到交換學生的資格，就讀韓國首爾建國大學，最後以班上第一名成績結業！升上碩士班後，Sandy 老師因為對韓國語語學研究及教授韓文太有愛，所以論文主題就是韓國語語學！

Sandy 老師，大活躍！

　　不過 Sandy 老師可不是只會唸書而已！不但曾任校內韓歌大賽主持人，也在當屆韓歌大賽中參加演出！韓國 MBC 電視台來台錄製過年特別節目時，也參加大長今與歌唱比賽表演。同時，Sandy 老師也在多位韓國藝人來台時，受邀擔任翻譯工作。目前不但在「救國團中國青年服務社」、「中國文化大學推廣教育中心」擔任韓語講師、並在中國廣播公司每週三晚上十一點韓歌介紹廣播節目《A ZA A ZA KOREA SONG》擔任固定特別來賓、及在 FOX 電視台《就是愛 JK》擔任韓語教學老師。

Sandy 老師韓文教學與經驗

　　除救國團與文大推廣部外，Sandy 老師也曾在台北各大補習班、高中職韓語社團、國立大學推廣中心、扶輪社、獅子會、遊戲公司、台灣 100 大企業與韓國 Samsung 擔任國際部門韓語翻譯及教授韓語。

　　Sandy 老師雖是七年級生，但教學已經有 10 多年的經驗，又因為是韓語語學研究所本科系畢業，所以總是能夠掌握、理解台灣學生對韓語的各種疑難雜症。教授的學生年紀從國小到 70 歲都有。而大多數的學生都因和老師學韓語後已到心所屬的韓國相關公司上班。所以只要 Sandy 老師一開新的韓語發音入門班，一定班班爆滿、一位難求！連多家知名新聞媒體都來採訪老師呢～

　　大家快點來加入 Sandy 老師快樂學韓語的行列吧！！！

韓語羅馬拼音對照表

母音

ㅏ	ㅓ	ㅗ	ㅜ	ㅡ	ㅣ	ㅐ	ㅔ	ㅚ	ㅟ
a	eo	o	u	eu	i	ae	e	oe	wi

ㅑ	ㅕ	ㅛ	ㅠ	ㅒ	ㅖ	ㅘ	ㅙ	ㅝ	ㅞ	ㅢ
ya	yeo	yo	yu	yae	ye	wa	wae	wo	we	ui,e,i

子音

ㄱ	ㄴ	ㄷ	ㄹ
k,g	n	t,d	l

ㅁ	ㅂ	ㅅ	ㅇ	ㅈ
m	p,b	s	ng	j

ㅊ	ㅋ	ㅌ	ㅍ	ㅎ
ch	kk	tt	pp	h

ㄲ	ㄸ	ㅃ	ㅆ	ㅉ
gg	dd		ss	jj

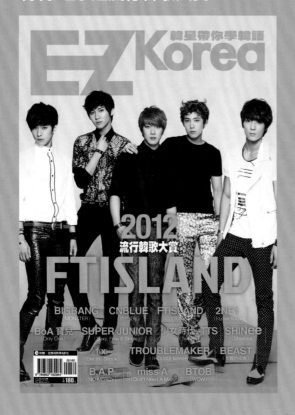

EZ Korea 韓星帶你學韓語

特刊 2012流行韓歌大賞

策劃	EZ Korea 編輯部
照片提供	華納音樂、環球音樂、avex taiwan、索尼音樂
中韓文歌詞提供	華納音樂、環球音樂、avex taiwan、索尼音樂
單字文法教學	Sandy 老師
總編輯	顏秀竹
叢書主編	張維君
雜誌主編	何佩蓉
執行編輯	蔡孟婷·黃筱筠
韓語錄音	田秀鎮
中文錄音	王 晴
錄音後製	林偉民
封面、內頁設計	Rex·黃思羽·健呈電腦排版公司
印刷	科樂印刷
發行人	洪祺祥
法律顧問	建大法律事務所
財務顧問	高威會計師事務所
出版發行	日月文化集團 日月文化出版股份有限公司
製作	EZ 叢書館
地址	台北市信義路三段 151 號 9 樓
電話	(02)2708-5509
手機簡訊	0972502076
傳真	(02)2708-6157
E-mail	service@heliopolis.com.tw
日月文化網路書店	www.ezbooks.com.tw
郵撥帳號	19716071 日月文化出版股份有限公司
總經銷	聯合發行股份有限公司
電話／傳真	(02)2917-8022 ／ (02)2915-7212
出版日期	2012 年 12 月初版
I S B N	978-986-248-296-4
定 價	180 元

Contents

目　錄

2012 FTISLAND CONCERT
TAKE FTISLAND
亞洲巡迴演唱會 台北場

| 日期 |

第一場 / 2012/12/15〔六〕晚上 7：00
第二場 / 2012/12/16〔日〕下午 3：00

| 地點 |

台北展演二館

〔地址：台北市信義區松廉路3號〕

| 票價 |

特A區 4800元〔座位區〕
特B區 3800元〔座位區〕
搖滾A區 2500元〔自由站立區〕
搖滾B區 1500元〔自由站立區〕

主辦單位： WARNER MUSIC TAIWAN

協辦單位： 大國翼星  nation 大國文化

「韓國首席美男樂團」FTISLAND 最新韓語正規專輯
FIVE TREASURE BOX 台灣獨占豪華雙版本 現正熱賣中

TROUBLE MAKER

MINI ALBUM JS&HYUNA

▶ 最強男女組合

文字編寫：余若涵／圖片提供、特別感謝：環球音樂

　　由 JS（BEAST 的張賢勝）與 HYUNA（4MINUTE 的泫雅）所組成的超級企劃組合「TROUBLE MAKER」，2011 年末在 MAMA 首次登場，特殊神祕的舞台效果，加上兩人大膽的借位親吻，成功迅速地引起了旋風。這一對男女組合擦出來的火花持續延燒，在 2012 年初造成一股全新的熱潮，更帶給全球 K-POP 粉絲最新鮮甜美的衝擊，同名主打歌〈TROUBLE MAKER〉，兩人大膽詮釋新寺洞老虎一手製作的絕妙曲調和 Funky 節奏、電音舞風，超群的舞蹈實力令粉絲看得目不轉睛、大呼過癮，瞬間啟動所有人的律動開關，展現 K-POP 最高境界。而且〈TROUBLE MAKER〉火熱煽情的舞蹈不只獲得觀眾的喜愛，甚至連其他藝人都爭相演出，像是「亞當夫婦」趙權和佳人就曾在 MBC 歌謠大賞上合體演出，李鐘爽也在初接《人氣歌謠》主持棒時表演過，都博得滿堂喝采。

TROUBLE MAKER

泫雅 현아

生日：1992 年 6 月 6 日
身高：164 公分
體重：44 公斤
血型：O 型
星座：雙子座

張賢勝 장현승

生日：1989 年 9 月 3 日
身高：176 公分
體重：58 公斤
血型：B 型
星座：處女座

大事記

2011	2011 年 12 月 1 日	同名專輯《TROUBLE MAKER》於韓國發行
	2011 年 12 月 15 日	《M! Countdown》節目〈TROUBLE MAKER〉第一名
	2011 年 12 月 22 日	《M! Countdown》節目〈TROUBLE MAKER〉第一名
	2011 年 12 月 29 日	《M! Countdown》節目〈TROUBLE MAKER〉第一名
2012	2012 年 1 月 5 日	《Music On Top》節目〈TROUBLE MAKER〉第一名
	2012 年 1 月 8 日	《人氣歌謠》節目〈TROUBLE MAKER〉第一名 (Mutizen Song)
	2012 年 1 月 13 日	《TROUBLE MAKER》發行台壓版
	2012 年 6 月 28 日	第六屆 Mnet 20's Choice 20's「演出獎」

　　張賢勝與泫雅不只擅長動感曲風，《TROUBLE MAKER》專輯中收錄的抒情曲〈不想聽的話〉也恰如其分，深深擄獲粉絲的心；其中張賢勝與泫雅各自的 SOLO 曲〈毫不在意〉和〈TIME（Feat. Rado）〉分別將個人魅力發揮到極致。TROUBLE MAKER 的初次出擊就帶給了粉絲前所未有的視覺享受，更讓人有耳目一新的感覺。

　　在 TROUBLE MAKER 的活動結束之後，泫雅所屬的 4MINUTE 四月於韓國推出專輯《Volume Up》，專輯同名主打歌〈Volume Up〉的性感舞風及中毒性的旋律廣受粉絲的喜愛；此外，泫雅個人出演了 PSY 的〈江南 STYLE〉MV，一出場就以獨特的性感魅力讓整首歌曲產生了全然不同的風味，

〈江南 STYLE〉大紅之後更再度出擊推出泫雅版的〈哥哥就是我的 STYLE〉。接下來，泫雅在今年 10 月 21 日於韓國推出專輯《MELTING》，主打歌〈Ice Cream〉一公開馬上成為熱門關鍵字，泫雅式性感更是在 MV 中發揮得淋漓盡致，讓全球粉絲都再度陷入瘋狂。另一方面，張賢勝則是投入音樂劇《莫札特》的演出，而他所屬的 BEAST 也在八月於韓國推出《午夜陽光》新輯，主打歌〈美麗的夜晚〉雄據排行榜寶座多時，徹底讓大家看到他們的人氣及實力。泫雅與張賢勝，不論是在各自所屬的團體裡，又或是以 TROUBLE MAKER 之姿現身舞台，都能帶給粉絲最精采的演出，難怪大家都在期待他們下一次合體演出會有什麼更驚人的火花！

TROUBLE MAKER

作詞：LE, 라도, 신사동호랭이　作曲：라도, 신사동호랭이　編曲：신사동호랭이

1! 2! 3!

니 눈을 보면 난 Trouble Maker
ni nu.neul bo.myeon nan

니 곁에 서면 난 Trouble Maker
ni gyeo.tte seo.myeon nan

조금씩 더 더 더
jo.geum.ssik ddeo deo deo

갈수록 더 더 더
kal.ssu.lok ddeo deo deo

이젠 내 맘을 나도 어쩔 수 없어
i.jen nae ma.meul la.do eo.jjeol ssu eop.sseo

\#

니가 나를 잊지 못하게 자꾸 니 앞에서 또
ni.ga na.leu lit.jji mo.tta.ge ja.ggu ni a.ppe.seo ddo

니 맘 자꾸 내가 흔들어
ni mam ja.ggu nae.ga heun.deu.leo

벗어날 수 없도록
peo.seo.nal ssu eop.ddo.lok

니 입술을 또 훔치고 멀리 달아나버려
ni ip.ssu.leul ddo hum.chi.go meol.li da.la.na.beo.lyeo

난 Trou a a a ble!
nan

Trouble! Trou!

Trouble Maker!

Trouble Maker!

Trouble Maker!

Trouble Maker!

Trouble Maker!

니 맘을 깨물고 도망칠 거야 고양이처럼
ni ma.meul ggae.mul.go do.mang.chil ggeo.ya go.yang.i.cheo.leom

넌 자꾸 안달이 날 거야
neon ja.ggu an.da.li nal ggeo.ya

내 앞으로 와 어서 화내보렴
nae a.ppeu.lo wa eo.seo hwa.nae.bo.lyeom

내 섹시한 걸음 니 머리 속에 발동을 거는
nae sek.ssi.han geo.leum ni meo.li so.ge bal.ddong.eul ggeo.neun

은근한 스킨십 얼굴에 비친 못 참아 죽겠단 니 눈빛
eun.geu.nan seu.kkin.sip eol.gu.le bi.chin mot cha.ma juk.gget.ddan ni nun.bit

갈수록 깊이 더 빠져들어
kal.ssu.lok ggi.ppi deo bba.jyeo.deu.leo

1! 2! 3!

看著你的眼 我就是 Trouble Maker

站在你身邊 我就是 Trouble Maker

漸漸地 更多 更多 更多

越靠近 越在意 越在意 越在意

現在我的心 連我也無可奈何

\#

為了不讓你忘記我 總是出現在你面前

讓你的心為我動搖

無法擺脫我

再偷走你的唇 逃得遠遠的

我就是 Trou a a a ble!

Trouble! Trou!

Trouble Maker!

Trouble Maker!

Trouble Maker!

Trouble Maker!

Trouble Maker!

在你心頭狠咬一口立刻逃走 像做了壞事的貓

令你心急如焚

飛奔到我面前 向我發火

我性感的腳步 在你腦海中啟動

若有似無的肢體接觸 映射在臉上 你無法忍受的眼神

靠得越近就越入迷

알**수록** 니가 더 맘에 들어 Baby
al.ssu.long ni.ga   deo ma.me deu.leo

아무래도 니 생각에 취했나봐 Lady
a.mu.lae.do ni saeng.ga.ge chwi.haen.na.bwa

I never never never stop!

＃ Repeat

Trouble Maker!

Trouble Maker!

Trouble Maker!

Trouble Maker!

어떻게 널 내 맘에 담아둘 수 있는지
eo.ddeo.kke neol lae ma.me   da.ma.dul   ssu   in.neun.ji

 (Trouble Maker)

그냥   내 맘이 가는대로 이젠
keu.nyang nae ma.mi ga.neun.dae.lo   i.jen

I never never stop!

멈출   수 없어
meom.chul ssu eop.sseo

＃ Repeat

	了解越多就越中意你 Baby
	我想就是為你著迷了吧 Lady
	I never never never stop!
	＃ Repeat
	Trouble Maker!
	Trouble Maker!
	Trouble Maker!
	Trouble Maker!
	你怎能偷偷將我的心藏起來
	(Trouble Maker)
	現在 就讓我的心順其自然吧
	I never never stop!
	無法停止
	＃ Repeat

알**수록** 니가 더 맘에 들어 Baby

了解越多就越中意你 Baby

單字 / 片語	詞性	意思	例
눈	名詞	眼；雪	눈이 높아요. 眼光高。
보다	動詞	看	영화를 봐요. 看電影。
곁	名詞	旁邊、身旁	내 사랑 내 곁에 我的愛在我身邊
서다	動詞	站著	선생님 서 계세요. 老師站著。
조금씩	副詞	少量	소금 조금씩 넣어요. 放少量的鹽。
더	副詞	再、更	김치 좀 더 주세요. 請再給我一點泡菜。
이젠		現在（이제는的縮寫）	이젠 가는 시간이에요. 現在應該離開了。
내	冠形詞	我的	내 가방 못 봤어? 有看到我的包包嗎？ · 補充：내等於나（我）+의（的）
어쩔 수 없다	慣用	沒辦法	미안합니다. 어쩔 수 없어요. 抱歉，沒辦法了！
앞	名詞	前面	앞에 있어요. 在前面。
또	副詞	又、再	또 만나요. 再見喔。
흔들다	動詞	搖動	마시기 전에 흔들어야 돼요? 喝之前要搖一搖嗎？
벗어나다	動詞	逃出、擺脫	현실을 벗어난다. 超現實。
입술	名詞	嘴唇	입술이 참 예뻐요. 嘴唇真漂亮。
훔치다	動詞	偷	입술을 훔친다. 偷吻。
깨물다	動詞	咬	아랫입술을 깨물어요. 咬下唇。
도망치다	動詞	逃亡	빨리 도망치자. 我們快點逃吧。
고양이	名詞	貓咪	고양이가 귀여워요. 貓咪好可愛。
처럼	助詞	像～一樣	아이처럼 유치해요. 像小孩子一樣幼稚。
어서	副詞	快點	어서 일어나요. 快點起床。
섹시하다	形容詞	性感	섹시한 여자 性感的女人
걸음	名詞	步伐	한 걸음 一步 · 補充：原形為걷다，屬於「ㄷ不規則變化」
머리	名詞	頭、頭髮	머리가 좋아요. 頭腦好。
속	名詞	裡面	속에 있어요. 在裡面。
은근하다	形容詞	隱隱約約的	은근한 매력 隱約的魅力
얼굴	名詞	臉	얼굴 빨개졌어요. 臉紅了。
참다	動詞	忍耐	조금만 참아. 忍耐一點。
눈빛	名詞	目光、眼神	멍청한 눈빛 愣愣的眼神
깊이	副詞	沉沉	깊이 잠든다. 沉沉睡去。
알다	動詞	知道	알기는 하지만 잘 안 돼요. 知道是知道但做不太到。
맘에 들다	慣用	滿意、喜歡	딱 내 마음에 들어요. 正合我意。 · 補充：맘是마음的縮寫
아무래도	副詞	不管怎麼說	아무래도 좀 수상해… 不管怎麼說，有點可疑……
생각	名詞	想法	딴 생각 別的想法
어떻게	副詞	怎麼	어떻게 팔아요? 怎麼賣？
그냥	副詞	就那樣	그냥 농담이야~ 我只是在開玩笑啊。
멈추다	動詞	停止	잠시 멈춰라. 暫時停一下。

🎧 2

文法

1. 動詞 ＋ (으)ㄹ 수(가) 없다　無法～

例 대신할 수 없어. 無法代替。
例 바꿀 수 없어. 無法更換。
例 교환할 수 없어. 無法交換。
小提示：
바꿀 수 없어 = 교환할 수 없어 （兩者可通用）

2. 動詞 ＋ 지 못하게　讓～無法

例 만지지 못하게 주의하세요. 要注意讓他無法摸。
例 알지 못하게 잘 지켜요. 好好保密讓他無法知道。
例 잊지 못하게 해 줘요. 讓我無法忘懷吧。

3. 動詞 / 形容詞 ＋ 아 / 어 / 여 죽겠다　～極了

例 사랑해 죽겠어. 愛死你了。
例 배고파 죽겠어. 餓死了。
例 예뻐 죽겠어. 漂亮極了。

宇宙潮流天團

B BIGBANG

SPECIAL EDITION | STILL ALIVE |

撰文：EZ Korea編輯部／圖片提供：華納音樂、EZ Korea

　　韓國潮流天團 BIGBANG 今年四月首度來台召開記者會，歌迷們無不期待演唱會的到來，10 月 20、21 日，BIGBANG 二度訪台，這次他們登上台北小巨蛋，一連舉辦兩場「ALIVE GALAXY TOUR 2012」演唱會，帶給台灣歌迷最精彩的演出。

　　人氣無國界的 BIGBANG，透過 本次舉辦的「ALIVE GALAXY TOUR 2012」世界巡迴演唱會，全球走透透，從三月的首爾場出發，一共巡迴 16 個國家、25 個城市，為亞洲、美洲、歐洲等全世界的粉絲帶來精彩的表演。

　　台灣場次的售票戰況十分火熱，雖創下韓流明星在台舉辦演唱會的史上最高票價，仍然不減歌迷的熱情。售票開始後不到三小時，兩場次共兩萬張門票全部售罄。

　　今年二度來台的 BIGBANG 在記者會上表示，一到台灣就受到粉絲非常熱烈的歡迎，心情很好，

也深受感動，台灣一直帶給他們充滿活力的感覺，所以一踏上這塊土地就覺得很開心又幸福，也充分享受了台灣的美食，希望能在明後天的演唱會與粉絲創造美好的回憶。

　　而在 10 月 20、21 日舉辦的兩場演唱會更是沒有讓歌迷失望，五位團員們從太空艙現身，為演唱會揭開了精采的序幕，兩場演唱會現場的氣氛都嗨到爆，歌迷們更大唱生日快樂為 11 月 4 日的壽星 T.O.P 祝賀，T.O.P 也現場秀舞技回饋歌迷。

　　除了演唱會精采絕倫，BIGBANG 每位成員也各自致力於個人活動。隊長 G-DRAGON 九月推出 SOLO 專輯《ONE OF A KIND》；T.O.P 則積極參與電影演出；SEUNRI 則是在日劇《金田一少年事件簿》中軋上一角，與台、日、港演員互飆演技，成員們都紛紛在自己的領域中努力，希望得到大家的支持與愛護。

BIGBANG 首度訪台記者會紀實

今年 4 月 9 日，BIGBANG 首度來台舉行專輯宣傳記者會，第一次到台灣就感受到台灣粉絲的熱情，讓 BIGBANG 非常感動，直呼台灣好讚、以後要常常來！

記者會現場，大家開心幫 DAESUNG 慶生！

〈BIGBANG ALIVE GALAXY TOUR〉演唱會
BIGBANG 強勢登台

首度在台灣開唱的 BIGBANG，於 10 月 19 日抵台召開記者會，現場吸引大批媒體採訪，團員們雖然看起來都很酷，卻都非常幽默，當現場問到 BIGBANG 是否有使用過 Galaxy Note 2、覺得它的優點是什麼呢？成員 DAESUNG 搞笑回答：「我自己已經實際測試過 24 小時，這真的是全世界最好用的 Note ！」對於新推出的 S Pen，成員 T.O.P 表示：「這真是我活著 26 年以來用過最好用的筆了！」立刻引起現場一片笑聲。熱心公益的 BIGBANG 也特別在現場為 10 支 Samsung 手機簽名，並捐作公益義賣，希望各位粉絲共襄盛舉，一起奉獻愛心。

〈BIGBANG ALIVE GALAXY TOUR〉
台北演唱會

BIGBANG 五位團員們事前對演唱會的橋段都保密到家，而演唱會果然沒有讓歌迷失望，現場 TAEYANG 大秀肌肉、G-DRAGON 唱開了還直接躺在舞台上，團員們也與粉絲熱情互動，讓粉絲尖叫連連。BIGBANG 兩場演唱會不只吸引一萬八千名粉絲同樂，甚直連台灣藝人都抵擋不了天團的魅力，曾寶儀、楊丞琳、蕭亞軒、柯震東都到場觀賞。

TAEYANG 태양

生日：1988 年 5 月 18 日

身高：174 公分

血型：B 型

星座：金牛座

專長：RAP、跳舞、唱歌、英文、日語

G-DRAGON　G- 드래곤（隊長）

生日：1988 年 8 月 18 日

身高：177 公分

血型：A 型　星座：獅子座

專長：RAP、跳舞、BeatBox、作詞、作曲、唱歌、英文、中文

T.O.P

生日 ：1987 年 11 月 4 日

身高：181 公分

血型:B 型

星座：天蠍座

專長：填詞、RAP、BeatBox

DAESUNG 대성

生日：1989 年 4 月 26 日

身高：176 公分

血型：O 型

星座：金牛座

專長：唱歌、英文

SEUNRI 승리

生日：1990 年 12 月 12 日

身高：178 公分

血型：A 型

星座：射手座

專長：唱歌、跳舞、日語

大 事 記

2006 年

2006 年　8 月 29 日	韓國發行首張單曲《Bigbang》
2006 年　9 月 28 日	韓國發行第二張單曲《BigBang Is V.I.P》
2006 年 11 月 22 日	韓國發行第三張單曲《Bigbang 03》
2006 年 12 月 22 日	韓國發行第一張正規專輯《Bigbang Vol.1》

2007 年

| 2007 年　8 月 16 日 | 韓國發行專輯《Always》 |
| 2007 年 11 月 22 日 | 韓國發行第二張迷你專輯《Hot Issue》 |

2008 年

| 2008 年　8 月 8 日 | 韓國發行第三張迷你專輯《Stand Up》 |
| 2008 年 11 月 5 日 | 韓國發行第二張正規專輯《REMEMBER》 |

2011 年

2011 年　2 月 24 日	韓國發行第四張迷你專輯《BIGBANG mini album 4》
2011 年　4 月 8 日	韓國發行《BIGBANG Special Edition》
2011 年　7 月 8 日	台灣發行《BIGBANG 最新冠軍韓語專輯 4.5 特別版》、《最新冠軍韓語迷你專輯 BIGBANG MINI4 台灣獨占豪華限定盤》

2012 年

2012 年　2 月 29 日	韓國發行第五張迷你專輯《ALIVE》
2012 年　3 月 27 日	台灣發行《最新冠軍韓語專輯 ALIVE 台灣獨占超級豪華限定盤》
2012 年　4 月 9 日	「BIGBANG 2012 首度訪華世紀第一記者會」初訪台灣
2012 年　6 月 3 日	韓國發行《STILL ALIVE》
2012 年　6 月 29 日	台灣發行《最新冠軍韓語專輯 SPECIAL EDITION [STILL ALIVE] 台灣獨占限定盤》
2012 年 10 月 20 日 〜 2012 年 10 月 21 日	ALIVE GALAXY TOUR 2012　演唱會台灣場

手機掃描QR Code，
一邊聽歌
一邊學習

本歌曲中、韓歌詞由華納音樂提供

MONSTER

作詞：T.O.P、G-DRAGON　作曲：최필강、G-DRAGON　編曲：최필강、Dee.P

오랜만이야 못 본 사이
o.laen.ma.ni.ya　mot bbon　sa.i

好久不見 這段不見你的期間

그댄 얼굴이 좋아 보여
keu.daen　eol.gu.li　jo.a　bo.yeo

你看起來不錯

예뻐졌다 넌 항상 내 눈엔 원래
ye.bbeo.jyeot.dda　neon　hang.sang　nae　nu.nen　wol.lae

變得更美了

고와 보여
ko.wa　bo.yeo

在我眼裡 你原本就那麼美麗

근데 오늘따라 조금 달라 보여
keun.de　o.neul.dda.la　jo.geum　dal.la　bo.yeo

可是今天感覺特別不同

유난히 뭔가 더 차가워 보여
yu.na.ni　mwon.ga　deo　cha.ga.wo　bo.yeo

看起來格外冷漠

나를 보는 눈빛이 동정에 가득
na.leul　bo.neun　nun.bi.chi　dong.jeong.e　ga.deuk

你給了我同情的眼神

차있어 네 앞에서 난 작아 보여
cha.i.seo　ne　a.ppe.seo　nan　ja.ga　bo.yeo

在你面前我顯得很渺小

괜찮은 척 애써 대화주제를 바꿔버려
kwaen.cha.neun　cheok　ae.sseo　dae.hwa ju.je.leul　ba.ggwo.beo.lyeo

我假裝若無其事 試圖轉移話題

묻고 싶은 말은 많은데
mut.ggo　sipp.eun　ma.leun　ma.neun.de

我有好多話想問你

넌 딱 잘라버려
neon　ddak　jal.la.beo.lyeo

但都被你一直打斷

네 긴 머린 찰랑거려
ne　gin　meo.lin　chal.lang.geo.lyeo

你的長髮隨風飄逸

내 볼을 때리곤 스쳐지나
nae　bo.leul　ddae.li.gon　seu.chyeo.ji.na

掠過我的臉頰

뒤돌아선 곧장 가버려
twi.do.la.seon　got.jjang　ga.beo.lyeo

你無情轉身離去

여기서 널 잡으면 우스워지나
yeo.gi.seo　neol　ja.beu.myeon　u.seu.wo.ji.na

如果此刻抓住你 會很可笑吧

아무 말도 떠오르지 않죠
a.mu　mal.do　ddeo.o.leu.ji　an.chyo

腦海中浮現不出任何話語

떨면서 넌 한두 발짝 뒤로
ddeol.myeon.seo　neon　han.du　bal.jjak　ddwi.lo

腳步顫抖 一步步退後的你

이젠 내가 무섭단 그 말
i.jen　nae.ga　mu.seop.ddan　geu　mal

到如今卻說我可怕

날 미치게 하는 너란 달
nal　mi.chi.ge　ha.neun　neo.lan　dal

但不就是你讓我變的瘋狂的嗎

\#

\#

I love you baby I'm not a monster

I love you baby I'm not a monster
你是知道的啊 我本來的模樣

넌 알잖아 예전 내 모습을
neo　nal.ja.na　ye.jeon　nae　mo.seu.beul

會隨著時間流逝而慢慢消失

시간이 지나면 사라져 버릴 텐데
si.ga.ni　ji.na.myeon　sa.la.jyeo　beo.lil　tten.de

到那時候就會明白 baby

그 땐 알 텐데 baby
keu　ddae　nal　tten.de

I need you baby I'm not a monster

I need you baby I'm not a monster

날 알잖아 이렇게 가지마
na　lal.ja.na　i.leo.kke　ga.ji.ma

你懂我的啊 請別這樣離開

너 마저 버리면 난 죽어버릴 텐데
neo ma.jeo beo.li.myeon nan ju.geo.beo.lil tten.de

I'm not a monster

무슨 일이 있어도 영원하자고
mu.seun ni.li i.sseo.do yeong.wo.na.ja.go

슬플 때도 기쁠 때도 끝까지 하자고
seul.ppeul ddae.do gi.bbeul ddae.do ggeut.gga.ji ha.ja.go

You don't say that tomorrow

오늘이 마지막인 것처럼 사랑하자고
o.neu.li ma.ji.ma.gin geot.cheo.leom sa.lang.ha.ja.go

너 없는 삶은 종신형
neo eom.neun sal.meun jong.sin.hyeong

세상과 단절돼 돌 지경이야
se.sang.gwa dan.jeol.dwae dol ji.gyeong.i.ya

너란 존재는 고질병 시련의 연속
neo.lan jon.jae.neun go.jil.byeong si.lyeo.ne yeon.sok

마음 속 미련이야
ma.eum song mi.lyeo.ni.ya

세상사람들이 내게 돌린 등
se.sang.sa.lam.deu.li nae.ge dol.lin deung

모든 것이 베베 꼬여있던 눈초리들
mo.deun geo.si be.be ggo.yeo.it.ddeon nun.cho.li.deul

내게 가장 큰 아픔은 아픔은
nae.ge ga.jang kkeun a.ppeu.meun a.ppeu.meun

네가 그들 같아졌단 것뿐
ne.ga geu.deul ga.tta.jyet.ddan geot.bbun

#Repeat

가지마 가지마 가지마 떠나지 말아
ka.ji.ma ga.ji.ma ga.ji.ma ddeo.na.ji ma.la

하지마 하지마 하지마 너 같지 않아
ha.ji.ma ha.ji.ma ha.ji.ma neo gat.jji a.na

멀어진 채로 사랑은 걸러진 채로
meo.leo.jin chae.lo sa.lang.eun geol.leo.jin chae.lo

찾지마 찾지마 찾지마 날 찾지 말아
chat.jji.ma chat.jji.ma chat.jji.ma nal chat.jji ma.la

마지막 마지막 마지막
ma.ji.mak ma.ji.mak ma.ji.mak

네 앞에 서 있는
ne a.ppe seo in.neun

내 모습을 기억해줘
nae mo.seu.beul gi.eo.kkae.jwo

날 잊지 말아줘
na lit.jji ma.la.jwo

#Repeat

I think I'm sick　　I think I'm sick

I think I'm sick　　I think I'm sick

如果連你也拋棄我 我會活不下去

I'm not a monster

曾經說好無論如何都要長相廝守

不管悲傷喜悅都要走到最後

You don't say that tomorrow

把今天當成世界末日去愛彼此

沒你的人生就像終身監禁

與世隔絕 快要瘋掉

你的存在有如慢性病不斷考驗我

我打從心裡對你迷戀不已

即使受到世人背棄

即使眾人對我投以厭惡的眼神

但最讓我痛苦的

就是你變得跟他們一樣

#Repeat

不要走 不要走 不要走 不要離開我

別這樣 別這樣 別這樣 這樣不像你

你我漸行漸遠 愛情也就這樣結束了啊

別找我 別找我 別找我 不要來找我

最後 最後 最後

站在你面前的我的模樣

請你記得

請別忘了我

#Repea

I think I'm sick, I think I'm sick

I think I'm sick, I think I'm sick

單字 / 片語	詞性	意思	例
사이	名詞	之間、關係	친구 사이　朋友關係
항상	副詞	經常、總是	항상 내 옆에 있어 줘요.　常待在我身邊。 ・補充：等於언제나 副、변함없이 副
원래	副詞	原來、本來	원래 이래요.　本來就是這樣。
오늘	名詞	今天	오늘 참 기뻐요.　今天真開心。 ・補充：어제 名 昨天　　그저께 名 前天 　　　　내일 名 明天　　모레 名 後天
조금	副詞	少量、一點	조금 할 줄 알아요.　會一點點。
차갑다	形容詞	冰的；冷漠的	차가워 보여.　看起來冷漠。 ・補充：차갑다屬於「ㅂ不規則變化」
괜찮다	形容詞	沒關係、不要緊	괜찮아요.　沒關係。
애쓰다	動詞	費心	수고 많이 했네요. 애 썼어요.　辛苦你了。費心了。
바꾸다	動詞	換掉	마음에 안 들면 바꿔요.　不滿意就換掉。
묻다	動詞	問	물어 봅시다.　問問看吧。 ・補充：묻다屬於「ㄷ不規則變化」
말	名詞	話	묻고 싶은 말　想問的話
자르다	動詞	剪	긴 머리를 잘랐어요.　剪掉長頭髮。
곧장	副詞	直直的、一直	곧장 가면 바로 옆에 있어요.　直直走的話就在旁邊。
가다	動詞	去、離開	가는 길　去的路上
여기	名詞	這裡	여기는 어디입니까?　請問這裡是哪?
잡다	動詞	抓住	날 꼭 잡아. 손 놓지 마.　緊緊抓著我。請不要放開我的手。
아무	冠形詞	任何～	아무 말도 못 하고…　任何話也説不出……
떠오르다	動詞	浮現；升起	달이 떠올라요.　月亮升起。
모습	名詞	面貌	새로운 모습　新的面貌
시간	名詞	時間	시간 관리　時間管理
지나다	動詞	過去、經過	벌써 지났어요.　已經經過了。
사라지다	動詞	消失	갑자기 사라졌어요.　突然消失了!
무슨	冠形詞	什麼	무슨 일이에요?　有什麼事嗎?
일	名詞	事情	일이 참 많아요.　事情好多。
영원하다	形容詞	永遠的	영원한 친구　永遠的朋友
슬프다	形容詞	悲傷的	슬픈 이야기　悲傷的故事
기쁘다	形容詞	開心的	기쁜 하루　愉快的一天
끝	名詞	最終	끝이 없다.　漫無止境。
마지막	名詞	最後、最終	마지막 회　最後一回（最終回）
사랑하다	動詞	愛	죽을 때까지 당신만 사랑해요.　我愛你至死不渝。 ・補充：사랑 名 愛情
세상	名詞	世界上	세상 지구의 미녀　世上地球界的美女
들	接尾詞	～們	많은 사람들　許多的人
가장	副詞	最	가장 행복한 사람　最幸福的人 ・補充：等於제일 名 副
떠나다	動詞	出發	떠났어.　出發了。

🎧 4

文法

1. 形容詞 ＋ 아 / 어 / 여 보이다　看起來～

例 오늘 기분이 좋아 보이네요.　今天看起來心情很好喔!

例 언니 피부가 참 고와 보여요.　姊姊皮膚看起來真好!

例 우리 오빠 오늘따라 달라 보이네요!
哥哥今天看起來特別不一樣耶!

2. 動詞 ＋고 싶다　想要

例 나도 빅뱅의 콘서트에 가고 싶다!
我也想去 BIGBANG 的演唱會!

例 나도 아이스크림 먹고 싶어요!　我也想吃冰淇淋!

例 갖고 싶은 게 있는데요…혹시 사 줄 수 있어요?　我有想
要的東西,可以買給我嗎?

3. 動詞 ＋ (으) ㄹ 때　～的時候

例 콘서트를 볼 때 노래를 같이 불러요.
看演唱會時一起唱歌。

例 악수할 때 긴장돼요.　握手時會緊張。

例 팬미팅에 참가할 때 기분이 너무 좋아요.
參加歌迷見面會時心情超好。

韓國首席型男樂團

撰文：黃筱筠／圖片提供、特別感謝：華納音樂

CNBLUE

　　將近一年的時間不見，CNBLUE 在今年 3 月 26 日於韓國發行了第三張迷你專輯《EAR FUN》，專輯走的是 Modern Rock 的風格，主打歌〈Hey You〉是一首節奏較快的情歌，〈依然愛你〉則相當抒情。外貌與實力兼具的 CNBLUE 一出輯果然不同凡響，除了原版之外，更發行了五萬張特別限定版，內容包括 140 頁於美國拍攝的照片、約 20 分鐘的花絮影片，開賣當天立即絕版！專輯除了在韓國熱銷，CNBLUE 在台灣也同樣引起旋風，5 月 4 日在台灣發行後迅速登上第一名的寶座，在在印證了 CNBLUE 的超人氣。

　　CNBLUE 出道以來唱出了許多經典歌曲，舉凡〈孤獨的人〉、〈愛之光〉、〈直感〉等，鄭容和獨特的音質、李宗泫迷人的唱腔，搭配李正信與姜敏赫的貝斯與鼓聲，總是能擄獲粉絲的心，而他們帥氣的外貌更總是引起大家注目，不論是他們在後台、休息室，甚至是日常生活中的照

鄭容和
정용화
（隊長）

1989 年 6 月 22 日
巨蟹座
A 型
180 公分
63 公斤

李宗泫
이종현

1990 年 5 月 15 日
金牛座
O 型
182 公分
64 公斤

李正信 이정신

1991 年 9 月 15 日
處女座
A 型
186 公分
66 公斤

姜敏赫 강민혁

1991 年 6 月 28 日
巨蟹座
A 型
184 公分
66 公斤

CNBLUE

片，常常都被媒體譽為「自體發光」、「薰男」、「真實版 F4」，首席型男樂團果然當之無愧！

除了音樂領域之外，CNBLUE 團員們也都紛紛朝戲劇發展，喜愛他們的朋友一定都知道，鄭容和在 2009 年參與了紅遍亞洲的《原來是美男》的演出；而其他團員也不遑多讓，鼓手姜敏赫參演《順藤而上的你》，對花花公子的揣摩非常到位，讓觀眾都非常佩服他的演技；李宗泫則演出了今年最火紅的電視劇之一《紳士的品格》，在劇中飾演張東健的兒子，並演唱了插曲〈我的愛〉，深情的嗓音引起廣大迴響；貝斯手李正信也出演了人氣劇集《我的女兒瑞英》，劇中撒嬌的橋段更是讓粉絲直呼可愛得太

犯規了。

鄭容和今年雖然沒有接演戲劇，但也友情客串了《紳士的品格》，此外，也用心提拔後輩，與新人歌手 JUNIEL 一起合唱〈傻瓜〉，這首男女對唱的情歌甜蜜得融化人心，成功讓 JUNIEL 成為了今年最受矚目的新人歌手。

另外，今年 10 月 9 日是一個很特別的日子，因為這一天是 CNBLUE 出道滿 1000 天的日子，CNBLUE 特地上傳照片到官方推特，並留言：「今天是我們出道 1000 天。總是非常感謝大家。我們愛大家！」照片裡四個團員分別比出 1 和 0 的手勢自拍，Sense 一百分！

大事記

2012 年 3 月 26 日
在韓發行第三張迷你專輯《EAR FUN》

2012 年 4 月 29 日
來台參加義大超級亞洲音樂節

2012 年 5 月 4 日
在台發行最新迷你韓語專輯《EAR FUN》

2012 年 2 月 28 日
「CNBLUE BLUE STORM 亞洲巡迴演唱會」台灣站

2011 年 5 月 27 日
在台發行迷你特別版《THANK YOU》台灣獨占豪華限定盤

2011 年 4 月 26 日
在韓發行《FIRST STEP + 1 THANK YOU》

2011 年 4 月 20 日
在台發行《首張韓語正規專輯 FIRST STEP 全球限定台灣獨占盤》

2011 年 3 月 21 日　在韓發行首張正規專輯《FIRST STEP》

2010 年 9 月 21 日　在台發行《BLUE LOVE 台灣獨占影音典藏》

2010 年 8 月 10 日　在台發行首張冠軍迷你天碟《Bluetory》

2010 年 5 月 19 日　在韓發行第二張迷你專輯《Bluelove》

2010 年 1 月 14 日　在韓發行首張迷你專輯《Bluetory》

依然愛你

作詞：김재양 , 정용화 , 한성호　作曲：김재양 , 정용화　編曲：김재양

You're my love

긴 밤을 잠 못 이룬다
kin ba.meul jam mon ni.lun.da

그린다 또 난 난 난 난
keu.lin.da ddo nan nan nan nan

오늘도 눈물 참아본다
o.neul.do nun.mul cha.ma.bon.da

한 숨 쉬어본다
han sum swi.eo.bon.da

You're my love

Stabirabi rapststabira

Love you love you love you my love

Stabirabi rapststabira

I want your love

아픈 사랑아 살 베인 듯 난 아프다
a.ppeun sa.lang.a sal be.in deun nan a.ppeu.da

참으려 애써봐도 소리 없이 또 아파온다
cha.meu.lyeo ae.sseo.bwa.do so.li eop.ssi ddo a.ppa.on.da

쓰린 사랑아 독을 삼킨 듯 쓰리다
sseu.lin sa.lang.a do.geul sam.kkin deut sseu.li.da

웃으려 애써봐도 아련하게 쓰려온다
u.seu.lyeo ae.sseo.bwa.do a.lyeo.na.ge sseu.lyeo.on.da

난
nan

You're my love

漫長的夜 我無法入眠

又開始想念你 我 我 我 我

今天也強忍淚水

深深嘆息

You're my love

Stabirabi rapststabira

Love you love you love you my love

Stabirabi rapststabira

I want your love

令人心痛的愛情 竟然如此深刻

想要隱藏 心痛卻又湧上心頭

苦澀的愛情 就像病毒蔓延

就算想以笑容掩蓋 卻依然浮現

我

오늘도 아침을 본다
o.neul.do a.chi.meul bon.da

그린다 또 난 난 난 난
keu.lin.da ddo nan nan nan nan

미련이 다시 밀려온다 아직 사랑한다
mi.lyeo.ni da.si mil.lyeo.on.da a.jik ssa.lang.han.da

You're my love

Stabirabi rapststabira

Love you love you love you my love

Stabirabi rapststabira

I want your love

아픈 사랑아 살 베인 듯 난 아프다
a.ppeun sa.lang.a sal be.in deun nan a.ppeu.da

참으려 애써봐도 소리 없이 또 아파온다
cha.meu.lyeo ae.sseo.bwa.do so.li eop.ssi ddo a.ppa.on.da

쓰린 사랑아 독을 삼킨 듯 쓰리다
sseu.lin sa.lang.a do.geul sam.kkin deut sseu.li.da

웃으려 애써봐도 아련하게 쓰려온다
u.seu.lyeo ae.sseo.bwa.do a.lyeo.na.ge sseu.lyeo.on.da

난
nan

나쁜 사랑아 불러도 대답도 없다 (대답도 없어)
na.bbeun sa.lang.a bul.leo.do dae.dap.ddo eop.dda   dae.dap.ddo eop.sseo

잡으려 애원해도 냉정하게 돌아선다 (돌아선다)
ja.beu.lyeo ae.wo.nae.do naeng.jeong.ha.ge do.la.seon.da   do.la.seon.da

나쁜 사랑아 연기처럼 떠나간다 (떠나가는 너)
na.bbeun sa.lang.a yeon.gi.cheo.leom ddeo.na.gan.da   ddeo.na.ga.neun neo

손 뻗어 잡아봐도 어느새 넌 떠나간다 날
son bbeo.deo ja.ba.bwa.do eo.neu.sae neon ddeo.na.gan.da nal

新的一天總會開始

又開始想念你 我 我 我 我

對你的思念又再次浮現

You're my love

Stabirabi rapststabira

Love you love you love you my love

Stabirabi rapststabira

I want your love

令人心痛的愛情 竟然如此深刻

想要隱藏 心痛卻又湧上心頭

苦澀的愛情 就像病毒蔓延

就算想以笑容掩蓋 卻依然浮現

我

殘缺的愛 怎麼喚也喚不回 (喚不回)

我苦苦哀求想挽留 你卻無情轉身離去 (轉身離去)

殘缺的愛 到了盡頭還是煙消雲散 (你依然離去)

當我伸出雙手想挽留 不知不覺你卻離我遠去

單字 / 片語	詞性	意思	例
길다	形容詞	長的	긴 치마 나랑 잘 안 어울려요. 長裙不太適合我。 ・補充：길다屬於「ㄹ脫落」
밤	名詞	夜晚	밤에 가 봤어요? 你晚上去過嗎？
잠	名詞	睡眠	잠이 안 와요. 睡不著。
못	副詞	無法~	못 가요. 無法去。
이루다	動詞	達成、做到	뜻 이뤄요. 如願。
도	助詞	也	나도 당신을 사랑해요. 我也愛你。
눈물	名詞	眼淚	눈물이 나요. 流眼淚.
한 숨	名詞	一口氣	한 숨 쉬었어요. 吸了一口氣。
쉬다	動詞	呼吸；休息	좀 쉽시다. 我們休息一下吧。
아프다	形容詞	不舒服、疼痛的	배가 아파 죽겠어요. 肚子痛死了。
살	名詞	肉	살 찌면 안 되는데… 不能變胖的説…
베이다	動詞	被割	베였어요? 어떡해요? 你被割到了？怎麼辦？
소리	名詞	聲音	뭐 이상한 소리 못 들었어요? 你沒聽到有什麼奇怪的聲音嗎？
없이	副詞	毫無	걱정 없이 이렇게 살아 왔어요. 一直以來過著無憂無慮的日子。
쓰리다	形容詞	傷心、難過的	속이 쓰려서 술 몇 잔 마셨어요. 因為心裡難過所以喝了幾杯酒。
웃다	動詞	笑	웃는 얼굴 참 예뻐요. 笑的臉真的很美。
아련하다	形容詞	隱約、模模糊糊的	그 때의 기억이 아련해서 생각나지 않아요. 對當時的事記憶模糊，想不起來了。
아침	名詞	早晨	좋은 아침부터 시작해요. 從美好的早晨開始吧。
미련	名詞	眷戀	그녀와 미련없이 헤어질 수 있어요? 你可以毫不眷戀的跟她分手嗎？
다시	副詞	再	다시 한 번 말할게요. 我再説一次。
아직	副詞	還~	아직 안 왔어. 還沒來。
나쁘다	形容詞	壞的	나쁜 사람 壞人
대답	名詞	回答	대답해 봐~ 어떻게 된 일이야? 你回答看看~是怎麼搞的？
애원하다	動詞	苦求、哀求	용서를 애원해요. 苦求原諒。
냉정하다	形容詞	無情、冷漠	어떻게 그렇게 냉정할 수 있어요? 진짜 너무 해요. 怎麼能這麼無情呢？真的太過分了。
돌아서다	動詞	轉向	마음이 돌아서요. 回心轉意。
연기	名詞	煙；演技	담배연기 싫어요. 討厭煙味。
떠나가다	動詞	離去	이미 떠나갔어요. 已經離開了。
손	名詞	手	손이 모자라서 큰일났네요. 人手不夠真糟糕。
뻗다	動詞	伸出	발을 뻗고 편히 쉬어요. 把腳伸開舒服地休息吧。
어느새	副詞	不知什麼時候（正確寫法應為어느 새）	어느새 그 사람을 좋아하게 됐어요. 不知什麼時候就開始喜歡他了。

6

文法

1. 名詞 ＋ 아 / 야　～啊（呼格助詞）

名詞有尾音時加아，沒有尾音時加야。

例 샌디야~ Sandy 啊~
例 나쁜 사랑아~ 不好的愛情啊~

2. 名詞 ＋ 를 / 을　受格助詞

名詞有尾音時加을，沒有尾音時加를。

例 나를 사랑해? 你愛我嗎？
例 왜 밥을 안 먹고 물만 마셔요? 為什麼不吃飯光喝水啊？
例 친구를 기다려요. 等朋友。

3. 動詞 ＋ 는　～的（表現在式）

例 저기~ 지하철 타는 곳 어디예요? 請問~搭地鐵的地方在哪？
例 한국에 가는 건 진짜 기대돼요. 好期待去韓國。
例 계산하는 곳 여기 있구나. 結帳區原來在這啊。

「當代潮流樂團」
SHINee 的強勢回歸！

文字編寫：EZ Korea編輯部／
圖片提供、特別感謝：avex taiwan

　　時隔 1 年 8 個月，在亞、歐、美都擁有高人氣的全球偶像團體 SHINee 終於回歸了。SHINee 的最新迷你專輯《Sherlock》，自從公開五位團員的新造型後，就引起火熱的關注及討論，因此連團員鐘鉉也曾在第一時間透過推特留下逗趣留言：「請大家別想歪囉！」五位團員不僅造型吸睛，人氣也橫掃千軍，不只成功佔領韓國排行榜，甚至還席捲到台灣及日本，他們在台灣的人氣高到連韓國都紛紛報導他們新專輯在台灣風行的盛況。

　　《Sherlock》是 SHINee 的第四張迷你專輯，總共收錄 7 首歌曲。主打歌〈Sherlock(Clue+Note)〉把〈Clue〉、〈Note〉兩首歌曲合而為一，誕生成為一首全新的歌曲，是 Hybrid Remix 的終結版。

透過歌詞與音樂的構造和曲名相互配合，就好像在觀賞一部舞台劇，歌曲內容以犯罪事件為背景，「福爾摩斯」運用理性的線索〈Clue〉和感性的直覺〈Note〉，將事件解決。〈Sherlock〉不只歌曲本身充滿魅力，舞蹈也大有來頭，由世界頂級編舞家 Tony Testa 編排，加上 SHINee 精準到位、整齊劃一的舞步，「藝術群舞」的評價名符其實。除了主打歌值得玩味之外，迷你專輯中還收錄了 SHINee 對歌迷們表達愛意的歌曲〈總是在那裡(Honsety)〉，這首曲子由團員鐘鉉親自填詞，所以對歌迷來說更添一層特別的意義。

　　SHINee 成團四年已多次抵台參加活動，也是今年訪台次數最高的韓星，從 SM 家族

演唱會「SMTOWN LIVE WORLD TOUR III in TAIWAN」、「2012 ETUDE HOUSE 粉紅魅力愛心派對」到第 2 次巡迴演唱會「SHINee World II in Taipei」，所到之處都有大批粉絲為他們加油打氣。其中二巡演唱會在今年 9 月 15 日、9 月 16 日連辦兩場，共吸引將近兩萬名粉絲一起到小巨蛋同樂。演唱會現場舞台效果絢麗，五位團員還大秀爆

破、吊鋼絲等特效，讓粉絲嗨翻天。而 SHINee 能靜能動的舞台實力則更讓人驚嘆，有粉絲大讚：「看 SHINee 的演唱會，唱嗨歌好像到了夜店，唱抒情歌又悲到讓人想跟著哭。」接下來就要帶大家一起來學 SHINee 最新主打歌〈Sherlock〉，下次他們訪台時，趕快一起大聲跟著唱！

Key

生日	1991 年 9 月 23 日
身高	177 公分
星座	處女座
興趣	Rap、Dance、水上滑板
專長	英文、中文

鐘鉉 종현

生日	1990 年 4 月 8 日
身高	173 公分
星座	牡羊座
興趣	看電影、唱歌
專長	作詞、中文

珉豪 민호

生日	1991 年 12 月 9 日
身高	181 公分
星座	射手座
興趣	足球、籃球
專長	演戲、英文、中文

泰民 태민

生日	1993 年 7 月 18 日
身高	175 公分
星座	巨蟹座
興趣	聽音樂、Pop pin dance
專長	鋼琴、中文

溫流 온유

生日	1989 年 12 月 14 日
身高	177 公分
星座	射手座
興趣	唱歌
專長	鋼琴、中文

大 事 記

2008 年

2008 年	5 月 22 日	在韓發行首張迷你專輯《姊姊 你太美了 (Replay)》
2008 年	6 月 27 日	在台發行首張迷你專輯
2008 年	8 月 28 日	在韓發行第一張正規專輯《The SHINee World》
2008 年	9 月 26 日	在台發行《閃耀全世界》
2008 年	12 月 24 日	於台灣舉行「SHINee 閃耀握手會」

2009 年

2009 年	5 月 18 日	在韓發行第二張迷你專輯《ROMEO》
2009 年	6 月 28 日	在台發行第二張迷你專輯《羅密歐》
2009 年	9 月 14 日	在韓發行 EP 專輯《2009, Year Of Us》
2009 年	9 月 19 日	於台灣舉行「SHINee 閃耀夏日台北見面會」
2009 年	11 月 13 日	在台發行第三張迷你專輯《我們的 2009》

2010 年

2010 年	7 月 19 日	在韓發行第二張正規專輯《Lucifer》
2010 年	8 月 13 日	在台發行第二張正規專輯《Lucifer》
2010 年	9 月 30 日	在韓發行第二張正規專輯《Hello》
2010 年	10 月 29 日	在台發行第二張冠軍專輯《Hello》
2010 年	11 月 7 日	於台灣舉行「SHINee Hello Taiwan Fan Meeting」粉絲見面會

2011 年

2011 年	1 月 10 日	訪台錄製「超級巨星紅白藝能大賞」
2011 年	7 月 16 日	「THE 1st CONCERT SHINee WORLD」台灣場
2011 年	11 月 20 日	訪台參加「K-Friends 2011 Taipei」演唱會

2012 年

2012 年	3 月 19 日	在韓發行迷你專輯《Sherlock》
2012 年	4 月 18 日	在台發行第四張迷你專輯《Sherlock》
2012 年	6 月 9 日	參加 SMTOWN 演唱會台灣場
2012 年	6 月 16 日	在台灣參加「ETUDE HOUSE 粉紅魅力愛心派對」
2012 年	9 月 15/16 日	「THE 2nd CONCERT SHINee WORLD II」台灣場

手機掃描QR Code，
一邊聽歌
一邊學習

本歌曲中、韓歌詞由 avex taiwan 提供

Sherlock

作詞：조윤경 作曲：Rocky Morris, Thomas Eriksen, Thomas Troelsen, Rufio Sandilands
編曲：Rocky Morris, Thomas Eriksen, Thomas Troelsen, Rufio Sandilands

(SHINee's Back, SHINee's Back,

SHINee's Back Back Back Back Back

Oous)

지금부터 all stop 어느 누구라 해도
ji.geum.bu.tteo　　　　eo.neu　nu.gu.la　hae.do

이 현장을 벗어나선 안 돼
i　hyeon.jang.eul　beo.seo.na.seon　an　dwae

명백한　　이 사건 속에 긴장하지 마
myeong.bae.kkan　i　sa.geon　so.ge　gin.jang.ha.ji　ma

난 밀실 안에서 더 자유로워 이미
nan　mil.si　la.ne.seo　deo　ja.yu.lo.wo　　i.mi

너의 떨린 숨결 하나까지 놓치지 않아
neo.e　ddeol.lin　sum.gyeo　la.na.gga.ji　not.chi.ji　a.na

은밀하게 노린 심장의 보석
eun.mi.la.ge　no.lin　sim.jang.e　bo.seok

너의 불안한 그 시선까지 꿰뚫었어 난
neo.e　bu.la.nan　geu　si.seon.gga.ji　ggwe.ddu.leo.sseo　nan

용의선상의 널 찾아냈어 난 Freeze!
yong.i.seon.sang.e　neol　cha.ja.nae.sseo　nan

아무것도 모른단 얼굴로 넌
a.mu.geot.ddo　mo.leun.dan　eol.gul.lo　neon

내 맘을 흔들어 기회를 노려
nae　ma.meul　heun.deu.leo　gi.hoe.leul　lo.lyeo

두 개의 답 (두 개의 답)
tu　gae.e　dap　du　gae.e　dap

긴 밤 불꽃처럼 터져 Baby
kin　bam　bul.ggot.cheo.leom　tteo.jyeo　Baby

I'm so curious yeah

사진 속 네가 순간 미소지어 (왜)
sa.jin　song　ne.ga　sun.gan　mi.so.ji.eo　　wae

Oh I'm so curious yeah,

I'm so curious yeah

하루에도 수백 번씩 널 떠올리다 떨쳐내다
ha.lu.e.do　su.baek　bbeon.ssik　neol　ddeo.ol.li.da　ddeol.chyeo.nae.da

내 머릿속을 채운 의문 네가 원한 것이 뭔가
nae　meo.lit.sso.geul　chae.un　ui.mun　ne.ga　wo.nan　geo.si　mwon.ga

소리도 없이 흘러 드는 이 순간이 내 맘에
so.li.do　eop.ssi　heul.leo　deu.neu　ni　sun.ga.ni　nae　ma.me

소용돌이쳐
so.yong.do.li.chyeo

(SHINee's Back, SHINee's Back,
SHINee's Back Back Back Back Back
Oous)

現在開始 all stop 不管是誰

都不能脫離這個現場

在這明確的事件中 不要緊張

我在密室裡面 已經感到更自由

就連你那顫抖的呼吸 我也不會錯過

隱密地盯上心臟的寶石

就連你那不安的視線 我都有看穿

我從嫌犯清單中把你揪了出來 Freeze!

你用那無辜的臉蛋

動搖我的心 等待著機會

兩個答案 （ 兩個答案 ）

就像漫漫長夜的煙火般爆開 Baby

Oh I'm curious yeah

照片裡的你 瞬間在微笑著 為什麼

Oh I'm so curious yeah,

I'm so curious yeah

一天裡有數百次 我都會想起你 擺脫你

充斥在我腦海的疑問 你想要的是什麼

無聲無息地滲透進來 此時此刻在我心中

引起了風暴

#

I'm so curious yeah

사진 속 네가 순간 걸어나와 (왜)
sa.jin song ne.ga sun.gan geo.leo.na.wa wae

Oh I'm so curious yeah, I'm so curious yeah

지금 내 앞에 너는 실제 하지 않아 분명 알지만
ji.geum nae a.ppe neo.neun sil.jje ha.ji a.na bun.myeong al.ji.man

너를 심문하겠어
neo.leul sim.mu.na.ge.sseo

내가 원한 대답 너는 알고 있어 네 입술이
nae.ga wo.nan dae.dam neo.neun al.go i.sseo ne ip.ssu.li

빛났다 (사라져)
pin.nat.dda sa.la.jyeo

어쩜 넌 이미 알았는지 모르지 내 마음은
eo.jjeom neo ni.mi a.lan.neun.ji mo.leu.ji nae ma.eu.meun

애초부터 굳게 잠기지 않았었지 네게만은
ae.cho.bu.tteo gut.gge jam.gi.ji a.na.sseot.jji ne.ge.ma.neun

범인은 이 안에 있어
peo.mi.neun i a.ne i.sseo

아무도 나갈 수 없어
a.mu.do na.gal ssu eop.sseo

너와 나 어떤 누구도
neo.wa na eo.ddeon nu.gu.do

너의 모든 것들에 다
neo.e mo.deun geot.ddeu.le da

증거를 난 발견했어
jeung.geo.leul lan bal.gyeo.nae.sseo

너를 꼭 찾아내겠어 (터져 Baby)
neo.leul ggok cha.ja.nae.ge.sseo tteo.jyeo

Repeat

Tonight SHINee's in the house (wo ho)

So give it up give it up give it up (Ho)

for SHINee

Give it up give it up give it up for SHINee

SHINee's Back, SHINee's Back,

SHINee's Back Back

Back Back Back

#

Oh I'm curious yeah

照片裡的你 瞬間走了出來 (為什麼)

Oh I'm so curious yeah, I'm so curious yeah

現在 在我眼前的你並不實存 我雖很清楚

但還是要審問你

我想要的答案 你最清楚知道 你的嘴唇

在閃爍 又消失

也許你早已經知道吧 我的心

從一開始就沒有緊緊鎖住 只有對你

犯人就在這其中

任誰都不能出去

你和我 無論是誰

關於你的所有一切

我找到了證據

我一定會找到你 (爆開 Baby)

Repeat

Tonight SHINee's in the house wo ho

So give it up give it up give it up

for SHINee

Give it up give it up give it up for SHINee

SHINee's Back, SHINee's Back,

SHINee's Back Back

Back Back Back

單字 / 片語	詞性	意思	例
지금부터	副詞	從現在開始	여러분, 지금부터 수업 시작하겠습니다. 各位，現在開始上課。
어느	冠形詞	哪個	어느 나라에서 오셨어요? 請問你從那個國家來的？
누구	代名詞	誰	누구야? 숨기지 말고 빨리 나와! 誰啊？不要躲起來，快點出來！
이	冠形詞	這	이거 얼마예요? 這個多少錢？
현장	名詞	現場	현장 녹화중입니다. 實況錄影中。
안 되다	動詞	不行	안 되겠어! 不行了！
명백하다	形容詞	明確的	명백한 증거 明確的證據
사건	名詞	事件	이번 사건은 신경 좀 쓰세요. 這次的事件請多費神。
긴장하다	形容詞	緊張	긴장 안 해도 돼요. 不需緊張。
안	名詞	內部	버스 안에서 在公車內
자유롭다	形容詞	自由	자유로운 생활 自由的生活
			· 補充：자유롭다屬於「ㅂ不規則變化」
이미	副詞	已經	이미 떠났어. 已經出發了。
떨리다	動詞	發抖	목소리가 떨려요. 聲音在發抖。
하나	數詞	一、一個	하나 주세요. 給我一個。
놓치다	動詞	錯過	널 놓치고 싶지 않아. 不想錯過你。
은밀하다	形容詞	隱密	은밀한 곳 隱密的地方
심장	名詞	心臟	강심장이라는 방송 봤어? 你看過「強心臟」這節目嗎？
보석	名詞	寶石	보석 DJ 은혁 寶石 DJ 銀赫
불안하다	形容詞	不安	왠지 불안해. 不知為何不安。
그	冠形詞	那	그 남자 那男人
시선	名詞	視線	뜨거운 시선 火熱的視線
꿰뚫다	動詞	看透、看穿	미래를 꿰뚫어. 洞察未來。
아무것	名詞	什麼	그건 아무것도 아냐. 那個沒什麼啊。
모르다	動詞	不知道	왜 모르니? 為什麼不知道？
기회	名詞	機會	기회를 붙잡아. 好好抓住機會。
답	名詞	答案	답이 안 나와요. 沒有答案。
불꽃	名詞	火花	불꽃축제 가고 싶어요. 我想去花火節。
터지다	動詞	爆發	배 터져. 肚子爆開。(可以用在吃太飽的時候)
순간	名詞	瞬間	보는 순간 看的瞬間
미소(를) 짓다	慣用	帶著微笑	그 여자는 항상 미소를 지어요. 那女生常常帶著微笑。
왜	副詞	為什麼	왜 모르니? 바보 같이. 為什麼不瞭解？像傻瓜一樣。
하루	名詞	一天	하루만이라도 너랑 같이 살고 싶어. 即使只有一天，也想跟你一起住。
			· 補充：이틀 兩天 사흘 三天 나흘 四天
머릿속	名詞	在腦海中	머릿속에 너의 자리가 있어. 在腦海中有你的位置。
원하다	動詞	想要	너만 원해. 我只想要擁有你。
범인	名詞	犯人	범인 참 무서워. 犯人真可怕。
증거	名詞	證據	증거 물건은 잘 보관해요. 物證好好保管。
발견하다	動詞	發現	발견했어. 發現了！
꼭	副詞	一定	꼭 와 주시길 바랍니다. 希望你一定要來喔！

∩ 8

文法

1. 形容詞 / 動詞 ＋지만 雖然～但～

例 김치는 맵지만 맛있어요. 泡菜雖辣但好吃。

例 알기는 알지만 잘 안 돼요. 知道是知道但做不太到。

例 비싸지만 질이 좋아요. 雖貴但品質好。

2. 動詞 ＋고 있다 正在～

例 지금 한국어를 공부하고 있어요. 現在在學韓文。

例 뭐하고 있어요? 你在做什麼？

例 가고 있어요. 正在去的路上。

3. 動詞 ＋는지 表疑惑、不肯定的語氣

例 여기에 왜 왔는지 나도 몰라요.
我自己也不知道為什麼要來這裡。

例 명동에 어떻게 가는지 아세요? 請問怎麼去明洞？

例 내가 어떻게 생각하는지 잘 알잖아.
你不是很瞭解我在想什麼嗎？

撰文：蔡孟婷／圖片提供：環球音樂

少女時代閃耀子團
TTS 太蒂徐 Twinkle
綻放耀眼光芒

　　由少女時代成員太妍、蒂芬妮、徐玄三人組成的子團體「少女時代-TTS 太蒂徐」，於 6 月 8 日推出台壓專輯《Twinkle》，展現她們耀眼的音樂才華。本張專輯由 Jam Factory 旗下的美國作曲家 Brandon Fraley、Jamelle Fraley、Javier Solis、enzie、hitchhiker、Chan-Hee Hwang 等國內外知名創作人參與製作，專輯完成度十分成熟，主打歌〈Twinkle〉令人聯想到 7、80 年代史提夫・汪達音樂風格的編曲，融和充滿現代感的 FunkySoul 中拍舞曲，歌詞表達要以無法抗拒的可愛魅力贏得對方的心，充滿自信又直白的告白，加上少女時代-TTS

太蒂徐的唱功及可愛的舞步，更添無限魅力。該曲 MV 更邀請剛出道的同門師弟 EXO-K 一同出演，不但提拔後輩，也更添趣味性。

　　不斷帶來創新的少女時代-TTS 太蒂徐，每次登台的表演服裝也成為歌迷間熱烈討論的話題之一。在每周的音樂節目中，少女時代-TTS 太蒂徐總是以各種不同風格的造型登場表演，不管是性感的百老匯歌舞女郎，還是粉紅甜美的空姐，各種百變造型吸睛度破表，這也成為歌迷們每週觀賞節目時最期待的一件事情。

由左至右依序為：

蒂芬妮 Tiffany

生日：1989 年 8 月 1 日
身高：162 公分
星座：獅子座
血型：O 型
專長：英文、長笛演奏

太妍 태연

生日：1989 年 3 月 9 日
身高：162 公分
星座：雙魚
血型：O 型
專長：中文

徐玄 서현

生日：1991 年 6 月 28 日
身高：168 公分
星座：巨蟹座
血型：A 型
專長：中文、鋼琴演奏

　　《Twinkle》專輯中一共收錄七首動聽歌曲，〈Baby Steps〉、〈是第一次 (Love Sick)〉兩首抒情歌，展現了陷入初戀少女的羞澀情懷；〈OMG(Oh My God)〉則透過 Electronic-Retro Pop 完美揉合了簡潔與創新；〈Library〉則帶著歡愉節奏的 teen pop 風格，可愛的演唱恰如其分地表現了「圖書館」這獨特的歌詞內容。專輯中還收錄了用輕快節奏表現分手第二天心境的歌曲〈再見 (Good-bye, Hello)〉，以及向背叛自己的戀人毅然宣布分手的搖滾風格歌曲〈Checkmate〉，多種豐富的曲風帶給歌迷多彩的音樂體驗。

大事記

2012 年 4 月 30 日　　在韓發行《Twinkle》
2012 年 6 月 8 日　　在台發行《Twinkle》

手機掃描QR Code，
一邊聽歌
一邊學習

本歌曲中、韓歌詞由環球音樂提供

Twinkle

作詞：서지음　作曲：Javier Solis, Brandon Fraley, Jamelle Fraley
編曲：Sunset Blvd, Tracking Crew

The twinkle, twinkle	The twinkle, twinkle
The twinkle, twinkle	The twinkle, twinkle
숨겨도 twinkle 어쩌나 sum.gyeo.do　eo.jjeo.na	即使隱藏仍 twinkle 怎麼辦？
눈에 확 띄잖아 nu.ne　hwak　ddui.ja.na	一瞬間映入眼簾
베일에 싸여 있어도 pe.i.le　ssa.yeo　i.sseo.do	即使被面紗包裹
나는 twinkle 티가 나 na.neun　tti.ga　na	我依然 twinkle 很亮眼
딴 사람들도 다 ddan　sa.lam.deul.do　da	其他所有人
빛나는 나를 좋아해 pin.na.neun　na.leul　jo.a.hae	都喜歡閃閃發亮的我
끝까지 경계해야 해 ggeut.gga.ji　gyeong.gye.hae.ya　hae	要提防到最後一秒
보석을 훔친 너잖아 po.seo.geul　hum.chin　neo.ja.a	偷走寶石的人是你 不是嗎
늘 나의 곁을 지켜줘 neul　na.e　gyeo.tteul　ji.kkyeo.jwo	總是守候在我身邊
내 주위만 맴돌아 nae　ju.wi.man　maem.do.la	只圍繞在我的周圍
눈을 떼지 말아줘 nu.neul　dde.ji　ma.la.jwo	別把視線轉移走
내 매력에 빠져 nae　mae.lyeo.ge　bba.jyeo	陷入我的魅力中
#	#
숨겨도 twinkle 어쩌나 sum.gyeo.do　eo.jjeo.na	即使隱藏仍 twinkle 怎麼辦？
눈에 확 띄잖아 nu.ne　hwak　ddui.ja.na	一瞬間映入眼簾
베일에 싸여 있어도 pe.i.le　ssa.yeo　i.sseo.do	即使被面紗包裹
나는 twinkle 티가 나 na.neun　tti.ga　na	我依然 twinkle 很亮眼
난 미지의 세계 시간을 잊어버릴걸 nan　mi.ji.e　se.gye　si.ga.neul　i.jeo.beo.lil.ggeol	我在未知的世界裡遺失了時間
아침에 눈을 떠봐도 꿈은 계속될 거야 a.chi.me　nu.neul　ddeo.bwa.do　ggu.meun　gye.sok.ddoel　ggeo.ya	即使早晨睜開雙眼仍在夢境中

난 너를 위해 꾸미고 더 예쁘게 날 반짝일래
nan neo.leul wi.hae ggu.mi.go deo ye.bbeu.ge nal ban.jja.gil.lae

왜 너만 혼자 몰라 나의 진가를
wae neo.man hon.ja mol.la na.e jin.ga.leul

#Repeat

너무 태연해 너무 뻔뻔해
neo.mu ttae.yeo.nae neo.mu bbeon.bbeo.nae

밖에는 날 소원하는 줄이 끝이 안 보여
pa.gge.neun nal so.wo.na.neun ju.li. ggeu.chi an bo.yeo

말도 안되게 넌 너무 담담해
mal. do an.doe. ge neon neo.mu dam.da.mae

난 하늘 아래 떨어진 별
nan ha.neul a.lae ddeo.leo.jin byeol

#Repeat

그대의 twinkle 나를 봐
keu.dae. e na.leul bwa

어딜 봐 나를 봐
eo.dil bwa na.leul bwa

칙칙한 옷 속에서도
chik.chi.kkan ot sso.ge.seo.do

나는 twinkle 태가나
na.neun ttae.ga.na

#Repeat

我為你精心打扮得更美麗亮眼

為何只有你不懂我的真正價值

#Repeat

太過於坦然 太過於正直

外頭想得到我的隊伍看不見盡頭

這太不像話 你太過無動於衷

我是天上落下的星星

#Repeat

你看看 twinkle 的我

在看哪？快看我

即使穿著沉悶的衣著

我依然 twinkle 很閃亮

#Repeat

單字 / 片語	詞性	意思	例
숨기다	動詞	隱藏	사실을 숨겨요. 隱藏事實
어쩌나	疑問詞	該怎麼辦？	어머나！이 일은 어쩌나… 天啊~這事該怎麼辦呢？
확	副詞	一下子	확 밀었어. 一下就推開了。
띄다	動詞	引人注目	눈에 띄는 미인이시네요. 是引人注目的美女呢！
베일	名詞	面紗	신부의 베일 新娘的面紗
싸이다	動詞	被包著	빨간 종이로 싸여 있어요. 用紅色的紙包著。
딴 사람	名詞	別人	나말고 딴 사람 또 있어？ 除了我之外還有別人？
빛나다	動詞	發光	빛나는 보석 發光的寶石
좋아하다	動詞	喜歡	빨간 색 좋아해요? 아니면 분홍색 좋아해요? 喜歡紅色？還是粉紅色？
경계하다	動詞	警惕	경계해야 안전해. 必要要警惕才會安全。
보석	名詞	寶石	보석이 좋을까？ 황금이 좋을까？ 寶石好還是黃金呢？
늘	副詞	總是	밥 먹은 후에 늘 후식을 먹어요. 吃完飯後總是會吃甜點。
지키다	動詞	守護著~	다 지켜줄게. 나한테 와! 我會守護著你，來我這吧！
주위	名詞	周圍	이 주위에 뭐가 있어？ 這周圍有什麼？
맴돌다	動詞	圍繞、盤旋	꿈속에서까지 맴돌아. 甚至盤旋在夢中。
눈을 떼다	慣用	不留意	잠깐 눈을 떼면 그들은 일을 똑바로 안 할거야. 只要稍不留意，他們做事就不會認真。
매력	名詞	魅力	매력 있는 여자 有魅力的女人
미지	名詞	未知	미지의 생활 未知的生活
세계	名詞	世界	세계에서 가장 소름 돋는 7 곳 世界七大奇景
잊어버리다	動詞	忘記、忘掉	잊어버리면 안 돼서 공책에 적었어. 因為不能忘記所以我抄在筆記本上了。
꿈	名詞	夢想、夢	좋은 꿈 꿔 夢個好夢
계속	名詞	繼續	계속 하세요. 繼續做。
꾸미다	動詞	打扮	예쁘게 꾸밀래. 我想打扮漂亮點。
예쁘게	副詞	漂亮地	머리 예쁘게 해 주세요. 頭髮幫我弄漂亮一點。
혼자	副詞	獨自、一個人	혼자 가지 말고 같이 가요. 不要一個人走，我們一起走。
진가	名詞	真實價值	작품의 진가. 作品的真實價值。
너무	副詞	太	날씨가 너무 좋아요. 天氣太好了。
태연하다	形容詞	泰然的	태연한 척하지 않아도 돼. 不用裝做泰然也沒關係。
뻔뻔하다	形容詞	厚臉皮、不要臉的	정말 뻔뻔한 놈이야. 真是不要臉的傢伙。
밖	名詞	外面	밖에 누가 있어요？ 外面有什麼人嗎？
소원하다	動詞	想要	S 라인이 되기를 소원해요. 想變成 S line。
안	副詞	不~	할 거야？ 안 할 거야？ 要做還是不要做？
말도 안 되다	慣用	不可能	이건 말도 안 되는 일이잖아요. 這是不可能發生的事嘛。
담담하다	形容詞	淡然的	그녀는 담담한 얼굴로 나를 바라보았어요. 她用淡然的臉孔望著我。
하늘	名詞	天空	하늘공원에서 커피를 마시면서 아이스크림을 먹어요. 在天空公園邊喝咖啡邊吃冰淇淋。
아래	名詞	下面	아래에 있습니다. 在下面喔。
떨어지다	動詞	掉落	떨어지지 않게 열심히 노력하고 있어요. 為了不落榜而認真努力著。
별	名詞	星星	별 모양의 반지를 찾으려고요. 我想找星星圖案的戒指。
어딜		哪裡（어딜 = 어디를）	어딜 봐？ 나를 보라고！ 在看哪？我叫你看我啊！
칙칙하다	形容詞	沉悶的	분위기 칙칙해. 氣氛沉悶。
옷	名詞	衣服	예쁜 옷을 많이 사세요. 買多一點漂亮的衣服吧。

10

文法

1. 形容詞 / 動詞 ＋아 / 어 / 여야 하다 必須要~

- 例 시험에 합격하려면 열심히 공부해야 해.
  想要考試及格的話必須要努力讀書。
- 例 두 사람 행복해야 해. 你們兩個要幸福喔。
- 例 아프면 약을 먹어야 해. 生病的話要吃藥。
- 小提示：此文法與跟아 / 어 / 여야 되다通用喔！

2. 名詞 ＋에 빠지다 陷入、掉入

- 例 그는 이미 내 매력에 빠졌어요.
  他已經陷入我的魅力裡了。
- 例 사랑에 빠졌군요. 原來是墜入愛河了啊。
- 例 한국 노래에 빠져서 매일 들어요.
  愛上韓樂所以每天聽。

3. 動詞 ＋ (으) ㄴ ~的（表過去式冠形詞）

- 例 이건 우리 엄마 직접 만든 김치예요. 산 건 아니고.
  這是我媽媽自己做的泡菜，不是買的。
- 例 가 버린 남자를 왜 그리워하는데？
  為什麼要想念離去的男人？
- 例 내가 탄 커피는 향이 참 좋아요. 我泡的咖啡真香。

活力洋溢的 f(x) 華麗登場

韓國 SM 夢工廠新世代女子團體 f(x)，繼上一張專輯《Hot Summer》之後，今年夏天再度以第二張迷你專輯《Electric Shock》華麗回歸。專輯宣傳照片一公開便引發熱烈討論，顛覆傳統以動物造型頭套示人、完全沒露出臉部的宣傳策略更是出乎大家的意料。

文字編寫：顏維婷／
圖片提供、特別感謝：avex taiwan

與專輯同名的主打歌《Electric Shock》是一首充滿活力和節奏的電子舞曲，中毒性極強的副歌讓人印象深刻，歌詞中描述的是因為陷入愛河而感到混亂，但是將這樣的好心情比喻成為如同觸電般酥酥麻麻的感覺，果然這種獨特又有個性的音樂作品獲得極高的評價。

f(x) 的音樂依然沒有讓大家失望，每次都以獨特又有個性的作品征服所有粉絲的感官神經，不管是專輯的銷售成績，音樂節目排行榜都拿下冠軍，就連 MV 在 YouTube 的點擊率也創下了單日最多觀看視頻冠軍佳績，三冠王的殊榮套在 f(x) 的身上真的是再適合不過了！

值得一提的是，每次都因演出活動才有機會來到台灣的 f(x)，當問起台灣有什麼地方是她們最想去的？ Amber 用流利的中文回答：「真希望有機會能去逛逛台灣的夜市，然後要大吃好多台灣夜市的美食！」

此外，f(x) 不只能歌善舞，團員們也紛紛跨足戲劇領域。Krystal 出演了韓國最長壽的人氣劇集 High Kick3（《歡樂滿屋2 短腿的反擊》），演活了劇中刁蠻任性的「安水晶」一角；而 Sulli 則從 2005 年韓劇《薯童謠》的小童星出身，今年挑大樑與 SHINee 的珉豪演出韓版花樣少男少女——《致美麗的你 (暫譯)》，雖然 Sulli 在劇中要假扮男生，但頂著一頭短髮的她卻還是一樣美，活潑俏麗的樣子深受粉絲的喜愛。

Victoria
빅토리아
生日：1987 年 2 月 2 日
星座：水瓶座
專長：民族舞蹈、爵士舞

Sulli
설리
生日：1994 年 3 月 29 日
星座：牡羊座
專長：演戲、跳舞

Krystal
크리스탈
生日：1994 年 10 月 24 日
星座：天蠍座
專長：演戲、跳舞

Amber
엠버
生日：1992 年 9 月 18 日
星座：處女座
專長：跳舞、RAP

Luna
루나
生日：1993 年 8 月 12 日
星座：獅子座
專長：唱歌、中文、跳舞

大 事 記

2009 年 9 月 1 日
在韓發行數位單曲〈LA chA TA〉

2009 年 10 月 8 日
在韓發行數位特別單曲〈Chocolate Love〉

2009 年 11 月 4 日
在韓發行單曲《Chu~ 》

2009 年 11 月 27 日
在台發行單曲《Chu~ 》

2010 年 5 月 3 日
在韓發行首張迷你專輯《NU ABO》

2010 年 5 月 28 日
在台發行首張迷你專輯《NU ABO》

2009 年 ➜ **2010 年** ➜

➜ **2011 年** **2012 年** ➜

2011 年 11 月 26 日
來台參加「2011 大韓流・大高雄演唱會」

2011 年 7 月 15 日
在台發行首張正規改版專輯《HOT SUMMER》

2011 年 6 月 14 日
在韓發行首張正規改版專輯《HOT SUMMER》

2011 年 5 月 20 日
在台發行首張正規專輯《PINOCCHIO》

2011 年 4 月 20 日
在韓發行首張正規專輯《PINOCCHIO》

2012 年 7 月 6 日
在台發行第二張迷你專輯
《Electric shock》

2012 年 6 月 10 日
在韓發行第二張迷你專輯《Electric shock》

2012 年 6 月 9 日
「SMTOWN 演唱會」台灣場

手機掃描QR Code，
一邊聽歌
一邊學習

本歌曲中、韓歌詞由 avex taiwan 提供

Electric Shock

作詞：서지음　作曲：Willem Laseroms, Maarten Ten Hove, Joachim Vermeulen Windsant
編曲：Willem Laseroms, Maarten Ten Hove, Joachim Vermeulen Windsant

전 전 전류들이 몸을 타고 흘러 다녀
jeon jeon jeol.lyu.deu.li mo.meul tta.go heul.leo da.nyeo
電 電 電流隨著身體到處流動

기 기 기절할 듯 아슬아슬 찌릿찌릿
ki gi gi.jeo.lal deut a.seu.la.seul jji.lit.jji.lit
快 快 快要暈過去 小心翼翼 刺激刺激

충 충 충분해 네 사랑이 과분해
chung chung chung.bu.nae ne sa.lang.i gwa.bu.nae
足 足 足夠了 你的愛 太超過

격 격 격하게 날 아끼는 거 다 알아
kyeok ggyeoek ggyeo.kka.ge na la.ggi.neun geo da a.la
激 激 激烈地 珍惜我 我都知道

블랙홀처럼 (Yeah) 빨려들어가 (Haha)
peul.lae.kkol.cheo.leom bbal.lyeo.deu.leo.ga
彷彿黑洞一般 (Yeah) 要被吸進去 (Haha)

끝이 안보여 (Yeah) 떨어져 쿵 (Oh)
ggeu.chi an.bo.yeo ddeo.leo.jyeo kkung
看不到盡頭 (Yeah) 掉下去 (Oh)

여기는 어디 ? (Yeah) 열심히 딩동딩동
yeo.gi.neun eo.di yeol.ssi.mi ding.dong.ding.dong
這裡是哪裡？(Yeah) 努力地 叮咚叮咚

도대체 난 누구 ? (A-Ha) 머릿속이
to.dae.che nan nu.gu meo.lit.sso.gi
我到底是誰？(A-Ha) 我的腦袋

빙그르르르르
ping.geu.leu.leu.leu.leu
轉啊轉轉轉轉

\#

점점 빨라지는 Beat
jeom.jeom bbal.la.ji.neun
越來越快的 Beat

점점 더 크게 뛰는데
jeom.jeom deo kkeu.ge ddwi.neun.de
跳得越來越用力

이미 한계를 넘어선 I'm In Shock
i.mi han.gye.leul neo.meo.seon
已經超越了極限 I'm In Shock

E-Electric Shock

E-Electric Shock

Nanananananana (Electric)

Nanananananana (Electric)

Nanananananana (Electric)

Nanananananana (Electric)

Nanananananana E-E-E-Electric Shock

Nanananananana E-E-E-Electric Shock

Nanananananana (Electric)

Nanananananana (Electric)

Nanananananana (Electric)

Nanananananana (Electric)

Nanananananana E-E-E-Electric Shock

Nanananananana E-E-E-Electric Shock

전 전 전압을 좀 맞춰서 날 사랑해줘
jeon jeon jeo.na.beul jom mat.chwo.seo nal sa.lang.hae.jwo
電 電 電壓要配合一下 再來愛我

기 기척 없이 나를 놀래키진 말아줘
ki gi.cheo geop.ssi na.leul nol.lae.kki.jin ma.la.jwo
不 不要不出聲音 再來嚇我

충 충돌 하진 말고 살짝 나를 피해줘
chung chung.do la.jin mal.go sal.jjang na.leul ppi.hae.jwo
也 也不要衝突 請你稍稍避開我

격 격변하는 세계 그 속에 날 지켜줘
kyeok ggyeok.bbyeo.na.neun se.gye geu so.ge nal ji.kkyeo.jwo
變 變化大的世界裡 請你守護我

의사 선생님 (Yeah) 이건 뭔가요 ? (Haha)
ui.sa seon.saeng.nim i.geon mwon.ga.yo
醫生 (Yeah) 這是什麼呢？(Haha)

숨이 가쁘고 (Yeah) 열이 나요 (Oh)
su.mi ga.bbeu.go   yeo.li na.yo

말문이 막혀 (Yeah) 귓가는 딩동딩동
mal.mu.ni. ma.kkyeo   gwit.gga.neun ding.dong.ding.dong

눈이 막 부셔 (A-Ha) 머릿속은 빙그르르르르
nu.ni mak bbu.syeo   meo.lit.sso.geun ping.geu.leu.leu.leu.leu

呼吸很急促 (Yeah) 還在發燒 (Oh)

說不出話來 (Yeah) 耳邊在叮咚叮咚

眼前很燦爛（A-Ha）我的腦袋 轉啊轉轉轉轉

#Repeat

Electric Electric Electric Shock

나의 모든 걸 사로잡은 Energy
na.e mo.deun geol sa.lo.ja.beun

그 눈빛 속에 강렬한 Laser Laser
keu nun.bit sso.ge gang.nyeo.lan

내 맘 깊은 곳 증폭되는 Synergy
nae mam gi.ppeun got jjeung.ppok.ddoe.neun

대체 끝이 없는 너의 Gage Gage
tae.che ggeu.chi eom.neun neo.e

#Repeat

Electric Electric Electric Shock

吸引我一切的 Energy

在那眼神中強烈的 Laser Laser

在我內心與日俱增的 Synergy

總是不會停止的 你的 Gage Gage

#Repeat

Electric (Nananananananana)

E-E-E-Electric (Nananananananana)

 E-E-E-Electric (Nananananananana)

E-E-E-Electric Shock

Electric (Nananananananana)

E-E-E-Electric (Nananananananana)

E-E-E-Electric (Nananananananana)

E-E-E-Electric Shock

Electric (Electric Shock)

E-E-E-Electric E-E-E-Electric Shock

#Repeat

Electric (Nananananananana)

E-E-E-Electric (Nananananananana)

E-E-E-Electric(Nananananananana)

E-E-E-Electric Shock

Electric (Nananananananana)

E-E-E-Electric (Nananananananana)

E-E-E-Electric(Nananananananana)

E-E-E-Electric Shock

Electric (Electric Shock)

E-E-E-Electric E-E-E-Electric Shock

單字 / 片語	詞性	意思	例
전류	名詞	電流	전류 조심해. 小心電流。
몸	名詞	身體	너무 힘들지 마요. 몸 잘 챙겨요. 別太累，好好照顧身體。
타다	動詞	搭，乘	버스 타요. 搭公車。
흐르다	動詞	流	땀이 흘러요. 流汗。
기절하다	動詞	昏過去	기가 막혀서 기절했어. 氣到昏過去。
아슬아슬	副詞	膽戰心驚	아슬아슬 붙었어. 膽戰心驚地考上了。
찌릿찌릿	副詞	酥麻麻	오래 앉아 있었더니 다리가 찌릿찌릿 저려요. 坐太久腿麻。
충분하다	形容詞	充分	이미 충분하니까 그만 준비하세요. 已經很充分，請不用再準備了。
과분하다	形容詞	過份、超過	과분한 칭찬이십니다. 太過獎了。
격하다	動詞	激動	좀 격해요. 有點激動。
아끼다	動詞	珍惜、節省	휴지는 아껴 쓰세요. 衛生紙請省著點用。
블랙홀	名詞	黑洞	블랙홀 어딘지 아세요? 你知道黑洞在哪嗎？
빨려들어가다	動詞	吞噬	해일에 빨려들어갔어요. 被海嘯吞噬了。
열심히	副詞	認真	열심히 일하겠습니다. 我會認真工作的。
딩동딩동	副詞	叮咚叮咚	딩동딩동 떨어졌어. 叮咚叮咚聲中掉下了。
도대체	副詞	到底	도대체 어디 간 거야? 到底跑哪裡去了？
빙그르르	副詞	溜溜打轉貌	빙그르르 돌아요. 溜溜地旋轉著。
점점	副詞	漸漸	날씨가 점점 추워졌어. 天氣漸漸變冷了。
빨라지다	動詞	變快	빨라지는 속도 變快的速度
뛰다	動詞	奔跑	보도에 뛰지 마시오. 人行道上請勿奔跑。
한계	名詞	限度	한계를 넘어서 超過限度
전압	名詞	電壓	전압이 낮다. 電壓低。
기척 없이	慣用	沒有動靜	기척 없이 조용해. 沒動靜很安靜。
충돌하다	動詞	衝突	정면으로 충돌해요. 正面衝突。
살짝	副詞	稍微的	살짝 웃어요. 微微一笑。
피하다	動詞	避開、躲避	위험을 피해요. 躲避危險。
격변하다	動詞	劇烈變化	격변하는 시대 劇烈變化的時代
의사 선생님	名詞	醫生	의사 선생님, 저는 배가 아파요. 醫生，我肚子痛。
가쁘다	形容詞	困難、急促	숨이 가빠요. 呼吸困難。
열이 나다	慣用	發燒	열이 나면 이 해열제를 드세요. 發燒的話請吃這退燒藥。
말문이 막히다	慣用	啞口無言、詞窮	떠듬떠듬 거의 말문이 막혀요. 吞吞吐吐詞窮。
귓가	名詞	耳邊	귓가로 들어요. 當耳邊風。
부시다	形容詞	耀眼	눈이 부셔요. 刺眼。
사로잡다	動詞	吸引	사람의 마음을 사로잡는 방법 擄獲人心的方法。
강렬하다	形容詞	強烈	꽃 향기가 강렬하다. 花香強烈。
증폭되다	動詞	擴大、增大幅度	이미 증폭됐어. 已經擴大了。

文法

🎧 12

1. 形容詞 ＋ 게　～地（表到達某程度）

- 例 맛있게 드세요. 請慢用。
- 例 귀엽게 생겼어요. 長得很可愛。
- 例 폼나게 살거야. 要帥氣地生活。

2. 動詞 ＋아 / 어 / 여 주다　對（某人）～

- 例 나에게만 잘해 줘요. 只對我好。
- 例 웃어 줘요. 對我笑。
- 例 도와 줘요. 幫助我。

3.　　　아요
動詞 / 形容詞 ＋　어요　表口語用語尾
　　　여요

- 例 할머니, 진짜 너무너무 맛있어요. 할머니 최고예요！
  奶奶，真的真的好好吃喔！奶奶最棒了！
- 例 f(x) 노래가 대박 좋아요. f(x) 的歌曲超好聽。
- 例 날 좀 도와 줘요. 請幫助我。

Super Junior

6

Sexy Free & Single

SUPER JUNIOR THE 6TH ALBUM

℗&© 2012 S.M.ENTERTAINMENT.
Distributed by KMP HOLDINGS Co.,Ltd.
All Rights Reserved.

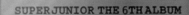

文字編寫：EZ Korea編輯部／
圖片提供、特別感謝：avex taiwan

王者回歸
SUPER JUNIOR
Sexy, Free & Single

Sexy, Free & Single

引領韓流的至尊霸主 SUPER JUNIOR，經過 11 個月的沉澱，發行第六張韓語專輯《Sexy, Free & Single》，並於 7 月 3 日在首爾舉辦了亞洲發片記者會。記者會上 SUPER JUNIOR 侃侃而談新專輯的感想及幕後一些不為人知的有趣花絮，提及在台灣 KKBOX 長達 109 周的冠軍紀錄，感謝台灣粉絲給了他們這麼多的愛，SUPER JUNIOR 表示很想儘快去台灣親自和台灣粉絲說感謝！

記者會當中 SUPER JUNIOR 與在場的媒體們一起觀賞了《Sexy, Free & Single》這首歌的完整 MV，看完 MV 之後，始源劈頭就跟銀赫道歉說：「看完 MV 之後，我發現銀赫變帥了！」利特則表示：「是大家都帥啦！難怪這個團這麼受到歡迎！我小心地預估這 MV 的點閱率應該會達到 5000 萬次以上。」銀赫則害羞說道：「我私下看真的覺得自己挺帥的，但今天跟所有媒體朋友一起看……反而有點害羞……不過，MV 有很多沒辦法呈現的精華，所以大家一定要多多觀賞我們的 Live 表演喔！」

SUPER JUNIOR 這次的再出輯，已經幾年沒出現在螢光幕前的強仁，當然也是記者會上的一個焦點，強仁說道：「我已經三年沒在大家面前出現，當兵這段期間，我每天都像在照鏡子般地省視自己，發現自己有許多壞習慣，也試著一一改進，這次能夠再回歸 SUPER JUNIOR，發現團員們都變得更成熟、更穩重，得失心也不像過去那般，現在我就像在畢業旅行的前一天一樣，期待著這我已經等了

很久的舞台，我非常感謝公司與團員對我的鼓勵！」另外，目前已於十月底入伍的利特也談到當兵前的心情，利特說：「對我而言，SUPER JUNIOR 就像一個家。每個人有事都會各自去辦事，但結束後都一定會回來。一開始想起要去當兵了，總是睡不好，畢竟是沒去過的地方難免會擔心，但當我把當兵想成是一個很長的通告時，心裡就舒坦多了。現在，我只想趕緊去當兵，並能夠快快退伍跟上團員繼續專輯的活動。」團員則說：「利特哥是很可以倚賴的依靠，因為他會收集團員們的意見，再代大家向公司轉達，若利特哥去當兵，誰能接替他的位子呢？」利特聽了回覆：「如果我去當兵，另一位團員接替我成為隊長角色的話，等我退伍回來勢必會讓雙方感到尷尬，所以我們決定，若我入伍，隊長這個角色將會空著！」

記者會接近尾聲，利特說道：「SUPER JUNIOR 從 2005 年開始活動以來，大家給了我們很多的稱號，如：韓流帝王…等，但我想未來 SUPER JUNIOR 將開拓更多的可能，繼續寫下新的歷史，希望從 10 歲到 60、70 歲的人們都會喜愛我們，並在各方面都受到大家的愛戴，懇請大家能多多支持 SUPER JUNIOR ！」最後值得一提的是，SUPER JUNIOR 的第六張專輯《Sexy, Free & Single》發行台壓版後，仍然繼續蟬聯 KKBOX 的冠軍寶座，韓流霸主果然名不虛傳！

銀赫 은혁

生日	1986 年 4 月 4 日
身高	176 公分
星座	牡羊座

東海 동해

生日	1986 年 10 月 15 日
身高	175 公分
星座	天秤座

始源 시원

生日	1987 年 2 月 10 日
身高	183 公分
星座	水瓶座

厲旭 려욱

生日	1987 年 6 月 21 日
身高	173 公分
星座	雙子座

Sexy Free & Single

強仁 강인

生日	1985 年 1 月 17 日
身高	180 公分
星座	魔羯座

晟敏 성민

生日	1986 年 1 月 1 日
身高	175 公分
星座	魔羯座

圭賢 규현

生日	1988 年 2 月 3 日
身高	180 公分
星座	水瓶座

利特 이특

生日	1983 年 7 月 1 日
身高	178 公分
星座	巨蟹座

藝聲 예성

生日	1984 年 8 月 24 日
身高	178 公分
星座	處女座

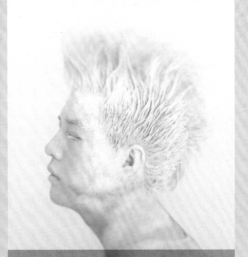

神童 신동

生日	1985 年 9 月 28 日
身高	178 公分
星座	天秤座

大 事 記

2005 年

2005 年 12 月 5 日　在韓發行首張專輯《SUPER JUNIOR 05》

2005 年 12 月 15 日　與東方神起合作推出《Show Me Your Love》

2006 年

2006 年 2 月 10 日　在台發行 SUPER JUNIOR 首張同名專輯

2006 年 6 月 7 日　在韓發行專輯《U》

2007 年

2007 年 9 月 20 日　在韓發行第二張專輯《Don't Don》

2007 年 10 月 19 日　在台發行《第二擊》

2009 年

2009 年 3 月 12 日　在韓發行第三張專輯《Sorry, Sorry》

2009 年 4 月 17 日　在台發行《Sorry, Sorry》

2010 年

2010 年 2 月 21 日　「SUPER JUNIOR 2nd 亞洲巡迴演唱會」台灣場

2010 年 5 月 13 日　在韓發行第四張專輯《美人啊（BONAMANA）》

2010 年 6 月 18 日　在台發行《美人啊（BONAMANA）》

2011 年

2011 年 3 月 11 日
〜　　　　　　　　「SUPER JUNIOR 3rd 亞洲巡迴演唱會」台灣場
2011 年 3 月 13 日

2011 年 8 月 2 日　在韓發行第五張專輯《Mr.Simple》

2011 年 9 月 6 日　在台發行《Mr.Simple》

2012 年

2012 年 2 月 2 日
〜　　　　　　　　「SUPER JUNIOR 4th 世界巡迴演唱會」台灣場
2012 年 2 月 5 日

2012 年 6 月 9 日　「SM TOWN 演唱會」台灣場

2012 年 7 月 1 日　在韓發行第六張專輯《Sexy, Free & Single》

2012 年 8 月 7 日　在台發行《Sexy, Free & Single》

2012 年 SUPER JUNIOR 專輯台壓版

手機掃描QR Code，
一邊聽歌
一邊學習

本歌曲中、韓歌詞由 avex taiwan 提供

Sexy, Free & Single

作詞：조윤경 作曲：Lasse Lindorff, Thomas Sardorf, Daniel Obi Klein
編曲：Lasse Lindorff, Thomas Sardorf, Daniel Obi Klein

Every single day I try 정말 거의 다 왔어
jeong.mal geo.ui da wa.sseo

We get closer to a good time

시련들에 Say goodbye.
si.lyeon.deu.le

Sexy, Free & Single 이제 준비는 완료 .
i.je jun.bi.neun wal.lyo

Sexy, Free & Single I'm ready too, Bingo

헤이! 누구나 쉽사리 갖는 건 재미없잖아
he.i nu.gu.na swip.ssa.li gan.neun geon jae.mi.eop.jja.na

좀 더 높게 , 세게 라라라라라라
jom deo nop.gge se.ge lalalalalala

위에서 봐 . 견뎌낸 자가 깨닫게 되는 것
wi.e.seo bwa gyeon.dyeo.naen ja.ga ggae.dat.gge doe.neun geot

좀 더 버텨 , 버텨 라라라라라라
jom deo beo.ttyeo beo.ttyeo lalalalalala

내 사람아 , 사람아 날 더 믿어줘 .
nae sa.la.ma sa.la.ma nal deo mi.deo.jwo

난 드디어 Wake up 수면위로
nan deu.di.eo su.myeo.nwi.lo

긴 시련에 더 깊어져 나다워져 .
kin si.lyeo.ne deo gi.ppeo.jyeo na.da.wo.jyeo

이젠 Upgrade 다음 단계로 나가 오 -
i.jen da.eum dan.gye.lo na.ga o

#

숨이 차게 달려와 멋지게 끝낸 그대
su.mi cha.ge dal.lyeo.wa meot.jji.ge ggeun.naen geu.dae

Have a good time 오늘만큼 Party time
o.neul.man.kkeum

가슴이 요동치는 승리를 맛 봐 이제는
ka.seu.mi yo.dong.chi.neun seung.ni.leul mat bbwa i.je.neun

Have a good time 누가 그댈 막겠나 ? 오 -
nu.ga geu.dael mak.ggen.na o

Sexy, Free & Single I'm ready too, Bingo

역시 불리한 확률에 맞서 겁내지 말고
yeok.ssi bul.li.han hwang.nyu.le mat.sseo geom.nae.ji mal.go

역시 불리한 확률은 끝도 안 봐도
yeok.ssi bul.li.han hwang.nyu.leun ggeut.ddo an bwa.do

Bingo

무겁다고 , 무섭다고 포기하지는 마
mu.geop.dda.go mu.seop.dda.go ppo.gi.ha.ji.neun ma

이제부터가 진짜 나나나나나나
i.je.bu.tteo.ga jin.jja na.na.na.na.na.na

누구나 한번쯤 다 겪어 보는 것뿐
nu.gu.na han.beon.jjeum da gyeo.ggeo bo.neun geot.bbun

We fail, We lose, To win 두려워하지 말아
du.lyeo.wo.ha.ji ma.la

Every single day I try 真的快要到了

We get closer to a good time

向著試煉 Say goodbye

Sexy, Free & Single 現在已經準備完畢

Sexy, Free & Single I'm ready too, Bingo

嘿！任何人都一樣 太容易得到就不好玩

還要更高 更強 啦啦啦啦啦啦

從上面看 撐到最後的人才能夠領悟

再撐下去 撐住 啦啦啦啦啦啦

我的人啊 人兒啊 請再相信我

我終於 Wake up 在水面上

漫長的試煉中 更加深沈 更加像我

如今 Upgrade 前進到下個階段 喔 -

#

氣喘吁吁地跑來 帥氣完成的你

Have a good time 今天是 Party time

品嚐一下讓內心澎湃不已的勝利 現在是

Have a good time 誰能阻擋你呢 ？ 喔 -

Sexy, Free & Single I'm ready too, Bingo

果然要向不利的機率對抗 不要害怕

果然 不利的機率不用看結局也會是

Bingo

不要因為沈重 害怕而放棄 現在開始要來真的

NaNaNaNaNaNa

只不過是每個人都會經歷的而已

We fail, We lose, To win 不要懼怕

내 사람아 , 사람아 난 더 강해졌어 .
nae sa.la.ma sa.la.ma nan deo gang.hae.jyeo.sseo

Yeah! 드디어 우리 Time for romance.
teu.di.eo u.li

더 멋진 꿈을 향해 또 날아가겠어 .
teo meot.jjin ggu.meul hyang.hae ddo na.la.ga.ge.sseo

다시 Upgrade 지켜봐 , 맡겨봐 .
ta.si ji.kkyeo.bwa mat.ggyeo.bwa

난 점점 대담해 지는걸 . Sexy, Sexy, Sexy
nan jeom.jeom dae.da.mae ji.neun.geol

이 거친 세상을 마주 한 채 Too hot-
i geo.chin se.sang.eul ma.ju han chae

준비된 자만 아는걸 . Sexy, Sexy, Sexy
jun.bi.doen ja.man a.neun.geol

여긴 끝도 없는 변수만큼 Have fun 3. 2. 1 Go!
yeo.gin ggeut.ddo eom.neun byeon.su.man.kkeum

#Repeat

Sexy, Free & Single 난 좀 괜찮은 남자
nan jom gwaen.cha.neun nam.ja

Sexy, Free & Single 넌 좀 대단한 남자
neon jom dae.da.nan nam.ja

역시 불리한 확률에 맞서 겁내지 말고
yeok.ssi bul.li.han hwang.nyu.le mat.sseo geom.nae.ji mal.go

역시 불리한 확률은 끝도 안 봐도 Bingo
yeok.ssi bul.li.han hwng.nyu.leun ggeut.ddo an bwa.do

이 세상 끝에서 또 한 번 숨을 돌리고
i se.sang ggeu.tte.seo ddo han beon su.meul dol.li.go

날 지켜준 사람 소중한 믿음을 간직해 기대해도 좋아 .
nal ji.kkyeo.jun sa.lam so.jung.han mi.deu.meul gan.ji.kkae gi.dae.hae.do jo.a

Let's go!

Sexy, Free & Single I'm ready too, Bingo

Sexy, Free & Single I'm ready too, Bingo

#Repeat

我的人啊 人兒啊 我變得更強壯

Yeah ！終於 我們 Time for romance

朝向更棒的夢想飛躍過去

重新 Upgrade 看著吧 託付吧

我越來越大膽了 Sexy, Sexy, Sexy

面對著這粗暴的世界 Too hot-

只有準備好的人才會知道 Sexy, Sexy, Sexy

就像這裡沒有結局的變數 Have fun 3. 2. 1 Go!

#Repeat

Sexy, Free & Single 我是還算不錯的男人

Sexy, Free & Single 你是很厲害的男人

果然要向不利的機率對抗 不要害怕

果然 不利的機率不用看結局也會是 Bingo

在這世界的盡頭 再喘口氣

守護我的人 珍貴的信心 我都珍藏 是可以期待的

Let's go ！

Sexy, Free & Single I'm ready too, Bingo

Sexy, Free & Single I'm ready too, Bingo

#Repeat

單字 / 片語	詞性	意思	例
정말	副詞	真的	정말 기쁘고 축하할 일이네요. 真的是可喜可賀的事啊。
거의	副詞	差不多	거의 틀림없다. 八九不離十。
다 왔다	慣用	到了	손님, 다 왔습니다. 乘客，到囉！
준비	名詞	準備	준비 OK! 準備好了！
완료	名詞	完成、結束	준비 완료 準備就緒
재미없다	形容詞	無趣	재미없는 사람 無趣的人
믿다	動詞	相信	믿어줘. 相信我。
드디어	副詞	終於	드디어 내 차례야~ 終於換我了啊。
다음	名詞	下一次	다음에 또 오세요. 下次再來。
단계	名詞	階段	초보 단계 初步階段
나가다	動詞	出去	나가! 너 보기 싫어. 出去！不想看到你！
달려오다	動詞	跑來	빨리 달려와~ 快點跑來～
멋지다	形容詞	帥氣	멋진 남자 帥氣的男人
끝내다	動詞	結束、分手	우리 여기서 끝내자. 我們在這分手吧。
가슴	名詞	心、胸部	가슴이 아파. 心好痛。
승리	名詞	勝利	승리는…내 거야~ 勝利是屬於我的啊～
맛 (을) 보다	慣用	嚐味道	맛 좀 봐~ 嚐嚐看味道～
누가		誰	누가 이겼어? 誰贏了？ · 補充누가等於누구 + 가（主格助詞）
막다	動詞	阻擋	길 막지 마. 不要擋路。
역시	副詞	依然、還是	역시 엄마 최고야~ 還是媽咪最棒了～
불리하다	形容詞	不利的	불리한 상황 不利的情況
확률	名詞	機率	비가 내릴 확률은 거의 없다고 들었어요. 聽說幾乎不會下雨。
겁내다	動詞	害怕、膽怯	겁내지 말라. 不要害怕。
무겁다	形容詞	重	마음이 무겁다. 心情沉重。
포기하다	動詞	放棄	중간에 포기하면 안 돼요. 不可半途而廢。
진짜	副詞	真的	진짜 진짜 좋아해. 真的真的喜歡你。
한번	名詞	一次	다시 한번 말씀해 주세요. 請再說一次。
믿음	名詞	信任	연인 사이에서 가장 중요한 것은 바로 믿음이에요. 戀人之間最重要的就是信任。
기대하다	動詞	期待	많이 기대합니다. 非常期待。

🎧 14

文法

1. 名詞 ＋ (이) 나 ＝ 名詞 ＋ (이) 든지　無論～

　例 누구나 사랑을 한다. 無論誰都要愛。
　例 어디나 가요. 無論是哪都去。
　例 무엇이나 잘 먹어요. 什麼都很能吃。
　小提示：
　누구나 = 누구든지
　어디나 = 어디든지
　무엇이나 = 뭐든지 = 무엇이든지

2. 名詞 ＋만큼　表程度、根據

　例 추억은 사랑만큼 달콤해. 回憶如愛情般甜美。
　例 하늘만큼 땅만큼 너를 사랑해. 愛你如天高如地厚。
　例 여동생은 꽃만큼 예뻐. 妹妹如同花一樣美。

3. 動詞 ＋아 / 어 / 여도 좋다　～也好

　例 기대해도 좋아. 期待也好。
　例 오지 않아도 좋아. 不來也好。
　例 안 봐도 좋아. 不看也好。

👍 讚

EZ Korea 粉絲團
全國第一！流行韓語情報站

EZ Korea 韓星帶你學韓
11月14日

VIP Pass
交換券

VIP Pass
交換券

好康活動
隨時報給你知道！

【暮光之城 ... i
的奇幻...】
即日起全日月官網
(http://www.ezbooks.com.tw/P
ublisherOT.aspx?pbsno=OT）
購買 EZ 好書，單筆消費滿 499
元，馬上送國賓電影交換券 2
張。數量有限，送完為止！單
筆消費達 999 元，再加贈台北
威風國賓 3D 電影交換券 2 張，限量 4 張！
活動詳情請來電洽詢：02-2708-5509 ext.208（周一
～周五 10:00~18:00）

讚 · 留言 · 分享　　　　　🗒 160

👍 300 個人 都說讚 。

EZ Korea 韓星帶你學韓
11月8日

最新的韓國
大明星消息

【看...
充電...】
http://e...ewt
opic.php?f=37&t=404&sid=fd
27096848f318fdabf9dc8f321
8e954

讚 · 留言 · 分享　　　　　🗒 70

👍 360 個人 都說讚 。

EZ Korea 韓星帶你學韓語分享了一條連結。
11月8日

EZ Korea 韓星帶你學韓
11月8日

這99句韓語
不會怎麼行？

超人氣魯水晶老師
教學連載

【魯水晶老...
啦！」韓語...
http://www....viewtopi
c.php?f=39&t=239

讚 · 留言 · 分享　　　　　🗒 100

👍 168 個人 都說讚 。

💬 查看全部 55 則留言

EZ Korea 韓星帶你學韓
11月8日

疑難雜症文法
一看就會！

【看新聞學...
http://ezkore...p
hp?f=38&t=...d6b2
df3a38123b5941ef3adb

讚 · 留言 · 分享　　　　　🗒 210

👍 250 個人 都說讚 。

EZ Korea 韓星帶你學韓
11月6日

看韓國娛樂新聞
學韓語真有趣

【看新聞學...
挑戰，《開...
http://ezkore...php
?f=9&t=402...

讚 · 留言 · 分享　　　　　🗒 150

👍 280 個人 都說讚 。

想和EZ Korea做朋友嗎？馬上到EZ Korea粉絲團按讚ㄛ！

2NE1

21世紀宇宙最強!
GIRL POWER天團
2NE1 *I love you.*

文字編寫：EZ Korea 編輯部
圖片提供、特別感謝：華納音樂

今年七月的韓國樂壇相當熱鬧，眾多超人氣團體紛紛回歸，其中 GIRL POWER 天團—— 2NE1 更是倍受矚目！暌違一年，再次發行新作品，團員希望在視覺以及聽覺上都可以給歌迷全新的感受。四位團員在造型上向來以鮮豔色調和獨特設計風格而知名，這次服裝造型同樣再次讓大家感到驚豔。

2NE1 繼去年一曲〈我最紅〉唱遍全台大街小巷，今年 7 月 5 日在韓國發行單曲〈I Love You〉，除了服裝造型吸睛之外，DARA 剃半邊髮的造型更是引起不少話題，團員們甚至連嘴唇上都能做造型，搶眼的巧思令人佩服。新歌〈I Love You〉，數位音源連續三天橫掃各大音樂排行榜寶座，MV 曝光一天點閱率破百萬，還闖入美國 iTunes 排行榜電音榜第二名，氣勢無法擋！

2009 年 2NE1 初試啼聲便與 BIGBANG 合唱數位單曲〈Lollipop〉，一推出就獲得廣大迴響。有別於以性感或清純取勝的女子組合，2NE1 風格較中性，有著媲美男子組合的強烈舞蹈和鮮明的個性，卻又同時保有著女生性感的一面，因此在女子組合中獨樹一幟。她們的歌曲擅於道出女孩的心聲，吸引大批女性粉絲死忠追隨。

理直氣壯地離開對自己不好的戀人——〈Go Away〉；再也不多加理睬的——〈I Don't Care〉；勇敢對已經沒有感情的戀人道別——〈Lonely〉；還有對自我感覺極度良好的——〈我最紅〉。2NE1 在歌曲中的形象向來都是酷酷的女性，而這次〈I Love You〉則有完全不同的面貌，唱出了女生面對愛情時焦急的心情。而且在〈I Love You〉裡她們更大膽嘗試了在演歌中加入電音的元素，創造出全新的音樂類型，也與以往的音樂風格有很大的差異。

2NE1 今年 11 月 16 日首次造訪台灣，在台北小巨蛋舉辦「2NE1 1st 世界巡迴演唱會」，第一次來台開唱就造成不少轟動，讓大家正式見識到 2NE1 的天團魅力！

CL 씨엘（隊長）

生日：1991 年 2 月 26 日
身高：161 公分
星座：雙魚座
專長：法語、英語、日語

Minzy 민지

生日：1994 年 1 月 18 日
身高：164 公分
星座：魔羯座
專長：中文、日文、英文

2NE1

DARA 산다라박

生日：1984 年 11 月 12 日

身高：162 公分

星座：天蠍座

專長：演戲、菲律賓話、中文、英語

Bom 박봄

生日：1984 年 3 月 24 日

身高：165 公分

星座：牡羊座

專長：英文、日文、鋼琴、長笛、大提琴

大事記

2009 年

2009 年 3 月 24 日　YG 娛樂公佈「女子 BIGBANG 團體」團名為 21

2009 年 3 月 27 日　21&BIGBANG 在韓國發行單曲〈Lollipop〉

2009 年 3 月 30 日　2NE1 原團名 21 與韓國男歌手名字重覆，正式將
　　　　　　　　　　團名改為 2NE1

2009 年 5 月 6 日　正式以數位單曲〈Fire〉於韓國出道

2009 年 7 月 8 日　韓國發行《2NE1 1st Mini Album》

2010 年

2010 年 2 月 9 日　韓國發行數位單曲〈Try To Copy Me〉

2010 年 9 月 9 日　於韓國發行首張專輯《To Anyone》

2011 年

2011 年 5 月 12 日　韓國發行數位單曲〈Lonely〉

2011 年 6 月 24 日　韓國發行單曲《我最紅》

2011 年 7 月 28 日　韓國發行《2NE1 2nd Mini Album》

2011 年 8 月 26 日　台灣發行《最新冠軍迷你 2 輯》

2011 年 9 月 2 日　台灣發行《2NE1! 冠軍首選》

2012 年

2012 年 7 月 5 日　韓國發行《I Love You》

2012 年 11 月 16 日　「2NE1 1st 世界巡迴演唱會」台灣場

手機掃描QR Code，
一邊聽歌
一邊學習

本歌曲中、韓歌詞由華納音樂提供

I Love You

作詞：Teddy　作曲：Teddy, Lydia Paek　編曲：Teddy

When you feel like there's no way out

Love, is the only way

그대 나에게만 잘해줘요
keu.dae　na.e.ge.man　ja.lae.jwo.yo

항상　나에게만 웃어줘요
hang.sang　na.e.ge.man　u.seo.jwo.yo

I said ooh 질투하게 하지 마요
jil.ttu.ha.ge　ha.ji　ma.yo

Ooh 집착하게 하지 마요
jip.cha.kka.ge　ha.ji　ma.yo

아직 난 사랑이 두려워요
a.jing　nan　sa.lang.i　du.lyeo.wo.yo

이런 내게 믿음을 줘봐요
i.leon　nae.ge　mi.deu.meul　jwo.bwa.yo

I said ooh 질투하게 하지 마요
jil.ttu.ha.ge　ha.ji　ma.yo

Ooh 집착하게 하지 마요
jip.cha.kka.ge　ha.ji　ma.yo

I Love You (I Love You Oooh)

I Love You (I Love You Oooh)

하루 종일 그대 모습 자꾸 떠올라
ha.lu　jong.il　geu.dae　mo.seup　ja.ggu　ddeo.ol.la

온종일 울리지 않는 전화기만 또 쳐다봐
on.jong.il　ul.li.ji　an.neun　jeo.nwa.gi.man　ddo　chyeo.da.bwa

왜 이런 내 맘을 아직 몰라
wae　i.leon　nae　ma.meul　a.jing　mol.la

난 너의 마음을 아직 잘 몰라
nan　neo.e　ma.eu.meul　a.jik　jjal　mol.la

너의 생각에 밤엔 잠도 못 이루다
neo.e　saeng.ga.ge　ba.men　jam.do　mon　ni.lu.da

달빛에 그대를 떠올리며 내 맘 고백해봐
tal.bi.che　geu.dae.leul　ddeo.ol.li.myeo　nae　mam　go.bae.kkae.bwa

왜 이런 내 맘을 아직 몰라
wae　i.leon　nae　ma.meul　a.jing　mol.la

난 너의 마음을 아직 잘 몰라
nan　neo.e　ma.eu.meul　a.jik　jjal　mol.la

Look at me now

내 맘을 바라봐요
nae　ma.meul　ba.la.bwa.yo

이렇게 애타는데
i.leo.kke　ae.tta.neun.de

지금 날 잡아줘요
ji.geum　nal　ja.ba.jwo.yo

늦기전에 eh eh eh eh
neut.ggi.jeo.ne

I Love You (I Love You Oooh)

I Love You (I Love You Oooh)

멈추지 마요 사랑 노래
meom.chu.ji　ma.yo　sa.lang　no.lae

멋진 널 위해 불러줄게 everyday
meot.jjin　neol　wi.hae　bul.leo.jul.gge

I say yeah yeah yeah yeah yeah yeah

When you feel like there's no way out

Love, is the only way

請你只對我好

請你只對我笑

I said Ooh 別讓我吃醋

Ooh 別讓我想不開

對愛我還是有點懼怕

求你給我一點信任感

I said Ooh 別讓我吃醋

Ooh 別讓我想不開

I LOVE YOU

I LOVE YOU

一整天腦海中都是你的身影

一整天盯著從沒響起的電話

你怎麼就是不懂我的心

我也搞不清楚你的心意

我想你想到整晚睡不著

月光下浮現你的身影 幻想著和你告白

你怎麼就是不懂我的心

我也搞不清楚你的心意

Look at me now

請看看我的心

如此的焦急難耐

請你緊緊抓住我

在你後悔之前 eh eheheh

I LOVE YOU

I LOVE YOU

不要停止 這愛的歌曲

我要為親愛的你而唱 Everyday

I say yeah yeahyeahyeahyeahyeah

I say yeah yeah yeah yeah yeah yeah

멈추지 마요 사랑의 dance
meom.chu.ji ma.yo sa.lang.e

이 밤을 그대와 보내고 싶은데
i ba.meul geu.dae.wa bo.nae.go si.ppeun.de

I say yeah yeah yeah yeah yeah yeah

I say yeah yeah yeah yeah yeah yeah

내 맘을 바라봐요
nae ma.meul ba.la.bwa.yo

이렇게 애타는데
i.leo.kke ae.tta.neun.de

지금 날 잡아줘요
ji.geum nal ja.ba.jwo.yo

늦기전에 eh eh eh eh
neut.ggi.jeo.ne

We can't go wrong (Bring it back)

밀고 당기지는 말아줘요
mil.go dang.gi.ji.neun ma.la.jwo.yo

우리 조금만 솔직해져요
u.li jo.geum.man sol.ji.kkae.jyeo.yo

I said ooh 질투하게 하지 마요
jil.ttu.ha.ge ha.ji ma.yo

Ooh 집착하게 하지 마요
jip.cha.kka.ge ha.ji ma.yo

어디서 무얼 할까 궁금해요
eo.di.seo mu.eo lal.gga gung.geu.mae.yo

혹시 이런 내가 귀찮나요
hok.ssi i.leon nae.ga gwi.chan.na.yo

I said ooh 질투하게 하지 마요
jil.ttu.ha.ge ha.ji ma.yo

Ooh 집착하게 하지 마요
jip.cha.kka.ge ha.ji ma.yo

I love you everyday

Don't get away Take me away

I love you everyday

In everyway 널 사랑해
neol sa.lang.hae

왜 이런 내 맘을 아직 몰라
wae i.leon nae ma.meul a.jing mol.la

난 너의 마음을 아직 잘 몰라
nan neo.e ma.eu.meul a.jik jjal mol.la

I love you everyday

Don't get away Take me away

I love you everyday

In everyway 널 사랑해
neol sa.lang.hae

왜 이런 내 맘을 아직 몰라
wae i.leon nae ma.meul a.jing mol.la

난 너의 마음을 아직 잘 몰라
nan neo.e ma.eu.meul a.jik jjal mol.la

I say yeah yeahyeahyeahyeahyeah

不要停止 這愛的 Dance

我想與你共度今晚

I say yeah yeahyeahyeahyeahyeah

I say yeah yeahyeahyeahyeahyeah

你看看我的心

如此的焦急難耐

請你立刻抓住我

在你後悔之前 eh eheheh

WE CAN'T GO WRONG, BRING IT BACK

不要來欲擒故縱這招

對彼此坦白一點

I said Ooh 別讓我吃醋

Ooh 別讓我想不開

我想知道你在哪裡 做些什麼

這樣的我是不是很煩

I said Ooh 別讓我吃醋

Ooh 別讓我想不開

I love you everyday

Don't get away Take me away

I love you everyday

In everyway 我愛你

你怎麼就是不懂我的心

我也搞不清楚你的心意

I love you everyday

Don't get away Take me away

I love you everyday

In everyway 我愛你

你怎麼就是不懂我的心

我也搞不清楚你的心意

單字 / 片語	詞性	意思	例
잘하다	動詞	做的好	잘할게요. 我會好好做。
질투하다	動詞	妒嫉	질투하지 마요. 不要妒嫉。
집착하다	動詞	執著	집착하지 마요. 不要執著。
두렵다	形容詞	害怕	두렵지 않아요. 不怕。
하루 종일	名詞	一整天	하루 종일 너 생각만 해. 一整天都在想你。 · 補充：等於**온종일** ㉰
온종일	名詞	一整天	온종일 정신없이 바쁘다가도 一整天忙的不可開交 · 補充：等於**하루 종일** ㉰
전화기	名詞	電話	전화기 꺼놔요. 關機。
쳐다보다	動詞	凝視、凝望	왜 자꾸 쳐다보니？ 내가 그렇게 예쁘니？ 為什麼老是一直盯著我看？我這麼美嗎？
달빛	名詞	月光	환한 달빛 皎潔的月光
고백하다	動詞	告白	고백할 거야~ 我要告白啊～
바라보다	動詞	注視	난 너만 바라보는 해바라기 我是只望著你的向日葵
이렇게	副詞	這樣的	좋아. 이렇게 하자. 好，我們就這麼做吧！
애타다	動詞	焦急	짝사랑 때문에 애타요. 為單戀而焦急。
노래	名詞	歌曲	내가 노래를 못해도 就算我無法唱歌
보내다	動詞	度過	크리스마스 어떻게 보낼 거에요？ 你聖誕節要怎麼過？
밀다	動詞	推	미세요. 請推。
당기다	動詞	拉	당기세요. 請拉。
조금만	副詞	一點點	조금만 더 가까이 再靠近一點
솔직하다	形容詞	坦率	솔직하게 말하면~ 坦白說～
궁금하다	形容詞	好奇、想知道	궁금한 게 많아요. 很多想知道的。
혹시	副詞	或許、也許	혹시 둘이 사귀어요？ 你們倆是不是在交往？
귀찮다	形容詞	麻煩	나를 귀찮게 하지 마요. 別來煩我。

🎧 16

文法

1. 名詞 (對象)＋에게　給／對～

例 나에게 잘해 주세요. 請對我好。
例 사랑하는 친구에게 편지를 써요 寫信給我親愛的朋友。
例 전화 받지 않는 남친에게 화를 내요. 對不接電話的男朋友生氣。

2. 名詞＋만　只有～

例 오빠만 사랑해. 我只愛哥哥。
例 천 원만 있어요. 我只有一千元。
例 한 개만 필요해요. 只需要一個。

3. 名詞＋을／를 위해
動詞＋기 위해　為了～

例 너를 위해 참고 있어. 為了你而忍耐。
例 당신은 사랑을 받기 위해 태어난 사람이야. 你是為愛而生的人。
例 이 노래는 처음 사랑하는 연인들을 위해 작성된 노래예요. 這首歌是為了初次相愛的戀人們而寫的歌曲。

BoA

韓流女王 BoA 的 成熟蛻變

文字編寫：顏維婷／圖片提供、特別感謝：avex taiwan

距離上一張專輯《HURRICANE VENUS 颱風維納斯》又是兩年的時間，今年七月寶兒終於在韓國推出第七張專輯《Only One》。與專輯同名的首波主打歌〈Only One〉不但由寶兒親自作詞、作曲，更是她出道後第一次以自己的創作曲當做主打歌。除此之外，MV 更是一口氣推出兩種版本，分別是由寶兒親哥哥執導的舞蹈版，以及寶兒相當欣賞的男演員──劉亞仁出演的劇情版。擁有如此堅強的製作團隊，相信〈Only One〉已經成為全球樂迷熱烈討論的話題。

　　歌迷遍佈全球的寶兒，在最新的第七張韓文專輯《Only One》中，展現出有別以往的面貌。在音樂層面上，這是一張將寶兒出道以來的歷程、過人的歌唱實力，以及音樂感性都完美融和的專輯；視覺層面上，寶兒舉手投足間散發的輕熟女魅力更是所有目光的焦點。談到最新專輯《Only One》帶給寶兒什麼特殊的意義？她自己表示說：「這張專輯不僅自己作詞作曲的歌曲成為了主打歌，還參與了專輯的製作及選曲，所以這張專輯充滿了很多寶兒的特色在裡面，希望大家能多多支持這張《Only One》專輯。」

　　寶兒在舞蹈上的實力已經是大家有目共睹的，這次《Only One》的舞蹈更是讓大家為之驚豔，該曲舞步是由曾經為瑪丹娜、Christian Aquilera 及 Jennifer Lopez 等人編過舞的 Nappy Tabs 操刀，舞步之難讓寶兒在練習的時候直呼：「為什麼我的舞蹈動作就是這麼難？為什麼我不能像少女時代一樣優雅地做些抬腿的動作就可以？」但只能說寶兒就是寶兒，再難的舞蹈動作都能完美消化！

BoA

以為寶兒只會唱唱跳跳嗎?其實連演戲也難不倒她!原來她平常回到家的休閒活動就是看韓劇,舉凡近期播出的韓劇她都收看,寶兒還開玩笑說:「有些非常喜歡的戲劇甚至已經到了複習的階段。」劇情版的 MV 邀請到寶兒相當欣賞的男演員劉亞仁合作,雖然這是出道以來第一次在 MV 中跟男演員有對手戲,但寶兒還是非常專業地一一達到導演的要求,不愧是全方位的藝人。

2000 年 8 月 25 日出道的寶兒,轉眼間已經出道滿十二週年了,先前在出道滿十二年之際,寶兒有感而發地表示:「時間一下子就過去了,感謝大家每年送給我的祝福,現在對我來說,出道幾週年並不是那麼的重要,反而為此我要更努力成為大家喜愛的歌手!」寶兒的最新專輯《Only One》台壓一般版及精裝版在 9 月 14 日及 9 月 19 日於台灣推出,一般版內含 24 頁精緻寫真;精裝版則有精裝外盒與內附 48 頁特大寫真,喜愛寶兒的歌迷們可以選擇你愛的版本來收藏喔!

{ BoA }

生日:1986 年 11 月 5 日
身高:160 公分
體重:42 公斤
血型:AB 型
星座:天蠍座

大 事 記

2000 年 8 月 25 日
在韓發行首張正規專輯《ID Peace B》

2002 年 4 月 12 日
在韓發行第二張正規專輯《No.1》

2003 年 5 月 31 日
在韓發行第三張正規專輯《Atlantis Princess》

2003 年 10 月 23 日
在韓發行《Double》

2000~2003 年

2004 年 5 月 8 日
受邀來台參加金曲獎

2004 年 6 月 11 日
在韓發行第四張正規專輯《My Name BoA》

2004 年 8 月 7 日
在台發行《My Name 我是寶兒》

2004 年 12 月 20 日
在韓發行《Merry-Chri》

2004 年

2005~2006 年

2006 年 9 月 21 日
在韓發行首張數位單曲《Key Of Heart》

2006 年 1 月 18 日
在韓發行《Everlasting》

2005 年 8 月 5 日
在台發行《女孩天下》

2005 年 6 月 24 日
在韓發行第五張正規專輯《Girls On Top》

2010~2012 年

2012 年 9 月 14 日
在台發行《Only One》

2012 年 7 月 22 日
在韓發行第七張正規專輯《Only

2012 年 6 月 9 日
SM TOWN 演唱會台灣場

2010 年 9 月 24 日
在韓發行第六張正規改版專輯《Copy & Paste》

2010 年 9 月 17 日
在台發行《HURRICANE VENUS 颶風維納斯》

2010 年 8 月 2 日
在韓發行第六張正規專輯《Hurricane Venus》

手機掃描QR Code，
一邊聽歌
一邊學習

本歌曲中、韓歌詞由 avex taiwan 提供

Only One

作詞：BoA　作曲：BoA　編曲：김용신 , 김태성

멀어져만 가는 그대 meo.leo.jyeo.man ga.neun geu.dae	不斷遠去的你
You're the only one	You're the only one
내가 사랑했던 것만큼 nae.ga sa.lang.haet.ddeon geon.man.kkeum	我心所愛的
You're the only one	You're the only one
아프고 아프지만 바보 같지만 Good bye a.ppeu.go a.ppeu.ji.man ba.bo gat.jji.man	雖然很痛很痛 雖然像傻瓜 Good bye
다시 널 못 본다 해도 ta.si. neol mot bbon.da hae.do	即使說再也看不到你
You're the only one	You're the only one
Only One	Only One
어색하게 마주앉아 eo.sae.kka.ge ma.ju.an.ja	生疏地對坐著
사소한 얘기로 안부를 묻고 sa.so.ha nyae.gi.lo an.bu.leul mut.ggo	說著瑣碎的話 彼此問安
가끔 대화가 끊기는 순간에는 ka.ggeum dae.hwa.ga ggeun.kki.neun sun.ga.ne.neun	偶而斷掉對話的那一瞬間
차가운 정적 우릴 얼게 만들어 cha.ga.un jeong.jeok u.li leol.ge man.deu.leo	冰冷的寂靜讓我們冰凍
지금 이 자리에서 우리는 남이 되겠지 ji.geum i ja.li.e.seo u.li.neun na.mi doe.get.jji	現在在這裡 我們會變成陌生人吧
어느 누군가는 눈물 흘리며 남겠지만 eo.neu nu.gun.ga.neun nun.mul heul.li.myeo nam.get.jji.man	雖然有一個人會流著眼淚留下
상처 주지 않으려고 sang.cheo ju.ji a.neu.lyeo.go	為了不給予傷痛
자꾸 애를 써가면서 ja.ggu ae.leul sseo.ga.myeon.seo	一直很努力察言觀色的你
눈치 보는 니 모습 싫어 So I'll let you go nun.chi bo.neun ni mo.seup ssi.lo	我不喜歡 So I'll let you go
#	#
내 사랑 이제는 안녕 nae sa.lang i.je.neun an.nyeong	我的愛 現在向你說再見
You're the only one	You're the only one
(You're the only one)	(You're the only one)
이별하는 이 순간에도 i.byeo.la.neun i sun.ga.ne.do	在離別的此時此刻也是
You're the only one	You're the only one
아프고 아프지만 바보 같지만 Good bye a.ppeu.go a.ppeu.ji.man ba.bo gat.jji.man	即使很痛很痛 即使像個傻瓜 Good bye

다시 널 못 본다 해도
ta.si neol mot bbon.da hae.do

You're the only one

Only One

You're the only one, Only One

갑작스런 나의 말에 왠지 모르게 넌 안심한듯 해
kap.jjak.sseu.leon na.e ma.le waen.ji mo.leu.ge neon an.si.man.deu ttae

어디서부터 우린 이렇게 잘못된 걸까
eo.di.seo.bu.tteo u.li ni.leo.kke jal.mot.ddoen geol.gga

오래 전부터 다른 곳만 기대한 건 아닌지
o.lae jeon.bu.tteo da.leun gon.man gi.dae.han geon a.nin.ji

너무 다른 시작과 끝의 그 날카로움이
neo.mu da.leun si.jak.ggwa ggeu.tte geu nal.kka.lo.u.mi

내 심장을 찌르는 아픔은 왜 똑같은지
nae sim.jang.eul jji.leu.neu na.ppeu.meun wae ddok.gga.tteun.ji

벅찬 가슴이 한 순간에 공허하게 무너져서
peok.chan ga.seu.mi han sun.ga.ne gong.heo.ha.ge mu.neo.jyeo.seo

이런 내 모습 어떻게 일어설까
i.leon nae mo.seu beo.ddeo.kke i.leo.seol.gga

#Repeat

내 머릿속은 언제쯤 너를 지울까 (I will let you go)
nae meo.lit.sso.geun eon.je.jjeum neo.leul ji.ul.gga

하루 이틀 한달 , 멀게는 아마 몇 년쯤
ha.lu i.tteu lan.dal meol.ge.neun a.ma myeon nyeon.jjeum

(My baby can't forget)

그리고 언젠가 너의 기억 속에는
keu.li.go eon.jen.ga neo.e gi.eok sso.ge.neun

나란 사람은 더 이상 살지 않겠지 지우겠지
na.lan sa.la.meun deo i.sang sal.ji an.kket.jji ji.u.get.jji

Only One, Only One

You're the only one, Only One

即使說再也看不到你

You're the only one

Only One

You're the only one, Only One

對我突然說出的話 你好像就安心

到底我們是從哪裡開始不對的 是不是

從很久以前開始 只期待著不同的地方

很不一樣的開始和結束

那份鋒利刺進我心臟的傷痛怎麼還是一樣

澎湃的心 在一瞬間空虛地倒塌

我這個樣子要如何站起來

#Repeat

我的腦海裡 何時能夠把你抹去 (I will let you go)

一天 兩天 一個月 長一點也許要幾年吧

(My baby can't forget)

然後 總有一天在你的記憶裡

我這個人不會再存在吧 會抹去吧

Only One Only One

You're the only one, Only One

單字 / 片語	詞性	意思	例
멀어지다	動詞	疏遠	가까이 오지 마라！내게서 멀어지지도 마라… 不要靠近我！也不要離開我…
같다	形容詞	一樣	오늘 같은 날 像今天一樣的日子
어색하다	形容詞	尷尬	분위기 왜 이렇게 어색해요？ 氣氛怎麼這麼尷尬？
마주앉다	動詞	面對面坐	엄마랑 마주앉았어요． 跟媽媽面對面坐著。
사소하다	形容詞	細微	사소한 일이라도 잘 챙겨주셨네요． 連這麼細微的事都照顧到了呢。
얘기	名詞	話語	얘기 많이 나눴어요． 聊了很多。 ・補充：等於이야기
안부	名詞	問候	안부 좀 전해 주세요． 請幫我問候。
가끔	副詞	偶爾	가끔 운동해요． 偶爾運動。
대화	名詞	對話	대화가 필요해요． 需要對話。
끊기다	被動詞	被掛掉	전화기가 끊겼어요． 電話被掛斷。
정적	名詞	文靜	성격이 정적이다． 個性文靜。
만들다	動詞	製作	만들어 봐요． 我們來做看看吧。
자리	名詞	座位	이 자리에 앉아도 돼요？ 可以坐這嗎？
남	名詞	別人	남의 일에 끼어들지 마요． 不要插手別人的事。
흘리다	使動詞	流	왜 자꾸 눈물을 흘리지？ 為什麼一直掉眼淚呢？
남다	動詞	剩下	많이 남았어요． 剩很多。
상처	名詞	傷口	상처 입었어요？ 受傷了嗎？
눈치 보다	慣用	看臉色	눈치 잘 봐요． 很會看臉色。
싫다	形容詞	不願意、討厭	공부하기가 싫어요． 不想學習。
안녕	名詞	你好；再見（對好友或晚輩說）	안녕 ~ 만나서 반가워． 你好啊~很開心認識你喔。
이별하다	動詞	離別	악수하고 이별해요． 握手後離別。
갑작스럽다	形容詞	突然的	갑작스러운 인사변동이네． 真是突如其來的人事變動啊。 ・補充：갑작스럽다屬於「ㅂ不規則變化」
안심하다	動詞	安心	안심해요． 安心。
오래 전	名詞	許久前	아주 오래 전에 만난 적 있어요． 很久以前見過。
다른	冠型詞	別的	다른 거 찾아요． 找別的吧。
시작	名詞	開始	"시작"을 누르면 돼요． 按開始就可以了。
날카로움	名詞	強烈、敏銳	날카로움을 나타내는 그 입술 참 대단하다． 敏銳的嘴唇真神奇。 ・補充：날카롭다屬於「ㅂ不規則變化」
찌르다	動詞	刺	코를 찌르는 냄새 나요！ 發出好刺鼻的味道！
언제쯤	副詞	大約何時	언제쯤 돌아와요？ 大約何時回來？
지우다	動詞	擦掉	잘 지워요？ 擦得乾淨嗎？
달	名詞	～個月	간 지 한달 됐어요． 去一個月了。
아마	副詞	也許	아마 없을 걸요． 也許沒有。
몇	冠形詞	幾～	몇 년 사귀었어요？ 交往幾年了？
그리고	連接詞	還有	그리고 이거도 주세요． 還有也請給我這個。
기억	名詞	記憶	기억은 아름답습니다． 記憶是美的。
더 이상	副詞	再也～	더 이상 먹을 수가 없어요．배불러요． 再也吃不下了，好飽。

18

文法

1. 動詞 ＋ 던　～的（表回憶）
- 例 나누던 얘기들은 기억나？
  你還記得我們曾經說過的話嗎？
- 例 내가 자주 가던 식당에 가자． 去我常去的餐廳吃吧。
- 例 마시던 커피 어디 있지？ 我喝過的咖啡跑哪去了？

2. 動詞 ＋ 이 / 히 / 리 / 기　被～（被動詞）
- 例 여보세요？들려요？ 喂？有聽到？

- 例 전화기가 끊겨요． 電話被掛斷。
- 例 문이 닫힙니다． 門要關了。

3. 왠지 ~　不知為何～
- 例 왠지 머리가 아파요． 不知為何頭痛。
- 例 왠지 자꾸 그 사람을 만나고 싶네요．
  不知為何老想見那個人。
- 例 왠지 기분이 안 좋아요． 不知為何心情不好。

野獸男團

BEAST

睽違 1 年 2 個月，BEAST 終於在 8 月正式回歸韓國舞台！《午夜陽光》一輯收錄 6 首歌曲，以最能沉澱心情、引出內心深刻情感的「夜」為主題，唱出六個多變的美麗故事。專輯發行前搶先公開的〈Midnight（數星星的夜）〉與主打歌〈美麗的夜晚〉，在音源發布後便迅速攻占韓國各大數位音樂排行榜冠軍。

〈Midnight（數星星的夜）〉是現有 K-POP 中相當少見的曲風，敘述一個因愛情的傷痛而夜不成眠的悲傷故事，歌曲公開後隨即獲得歌迷的熱烈迴響。主打歌〈美麗的夜晚〉則盡情揮灑團員的獨特感性，是首充滿活力的電音舞曲。〈不是我〉和〈妳休假的日子〉兩首歌，由 Funky 旋律與令人玩味的歌詞結合而成，能為聽眾帶來聽歌的樂趣。〈如果想念妳〉和〈Dream Girl〉則為 BEAST 獨有的沉穩情歌，用足以撫慰人心的留白美學，讓經過一天喧囂而疲憊的心靈得以休息。

文字編寫：林筱嘉／圖片提供、特別感謝：環球音樂

尹斗俊 윤두준 （隊長）

生日：1989 年 7 月 4 日

身高：179 公分

體重：66 公斤

血型：A 型

星座：巨蟹座

龍俊亨 용준형

生日：1989 年 12 月 19 日

身高：179 公分

體重：64 公斤

血型：O 型

星座：射手座

孫東雲 손동운

生日：1991 年 6 月 6 日

身高：181 公分

體重：64 公斤

血型：A 型

星座：雙子座

李起光 이기광

生日：1990 年 3 月 30 日

身高：174 公分

體重：58 公斤

血型：A 型

星座：牡羊座

張賢勝 장현승

生日：1989 年 9 月 3 日

身高：176 公分

體重：58 公斤

星座：處女座

血型：B 型

梁耀燮 양요섭

生日：1990 年 1 月 5 日

身高：174 公分

體重：56 公斤

血型：B 型

星座：魔羯座

對於這次的出輯，團員們都相當期待，成員起光在發表會上曾説「這麼久沒有回歸，這段時間裡為等待著我們的粉絲做了很多努力。這是我們團員自己也很期待的一張專輯。」而且，因為這一次 BEAST 特別嘗試了新的音樂類型，對此他們也表示：「很久沒有發表新專輯了，希望呈現給大家完全不同於〈fiction〉的面貌。」「特別是因為我們沒有做過電子樂，所以也想嘗試看看。」此外，成員東雲還補充：「如果我們的形象繼續停留在〈fiction〉那個時期的話，大家可能會認為『BEAST 被侷限在特定音樂種類了』、『他們只會這種音樂』，所以想做全新的嘗試。」但要嘗試新風格，也是需要勇氣的，耀燮就説：「一開始要嘗試電子樂其實滿擔心、滿苦惱的。也想過呈現給粉絲同樣的面貌是不是也還不錯；但相反的，也害怕粉絲們會對沒有變化感到失望。」從團員們的話語中，不難看出 BEAST 對於這張專輯的慎重及熱愛。

而就在同時期，正值 PSY〈江南 Style〉熱潮狂掃全球之際，BEAST 以偶像團體之姿，與 PSY 的表演模式形成一股截然不同的勢力，再次向大家證明了他們的偶像魅力，也證明了他們的努力粉絲全都看到了。

大事記

2009 年

2009 年 10 月 14 日	在韓發行首張迷你專輯《Beast Is The B2ST》

2010 年

2010 年 3 月 1 日	在韓發行第二張迷你專輯《SHOCK OF THE NEW ERA》
2010 年 4 月 2 日	在台發行《SHOCK OF THE NEW ERA ASIA VERSION VOL1》
2010 年 9 月 28 日	在韓發行第三張迷你專輯《Mastermind》
2010 年 10 月 8 日	在台發行《MASTERMIND》
2010 年 12 月 3 日	在台發行《Lights go on again》
2010 年 11 月 9 日	在韓發行第四張迷你專輯《Lights Go On Again》

2011 年

2011 年 1 月 22 日	來台進行「台灣韓流風尚演唱會」
2011 年 5 月 17 日	在韓發行首張正規專輯《Fiction And Fact》
2011 年 6 月 10 日	在台發行《FICTION and FACT》
2011 年 7 月 22 日 ～ 2011 年 7 月 23 日	來台舉辦粉絲見面會

2012 年

2012 年 3 月 31 日	「美輪美奐」世界巡迴演唱會台灣場
2012 年 7 月 22 日	在韓發行第五張迷你專輯《Midnight Sun》
2012 年 8 月 10 日	在台發行《午夜陽光 Midnight Sun》

[● REC] [□□□]

美麗的夜晚

作詞：4realz　　作曲：Goodnite , Sleepwell　　編曲：Goodnite , Sleepwell

#

별이 빛나는 아름다운 밤이야이야
pyeo.li bin.na.neun a.leum.da.un ba.mi.ya.i.ya

이 밤이 영원하길 내 손 잡아봐
i ba.mi yeong.wo.na.gil lae son ja.ba.bwa

푸른 달빛이 아름다운 밤이야이야
ppu.leun dal.bi.chi a.leum.da.un ba.mi.ya.i.ya

나와 저 하늘을 걸어봐
na.wa jeo ha.neu.leul geo.leo.bwa

I'm yours 너만이 나를 설레게 해
neo.ma.ni na.leul seol.le.ge hae

I'm outta control

I'm yours Nobody

아무도 널 대신할 수 없어
a.mu.do neol dae.si.nal ssu eop.sseo

날 미치게 해
nal mi.chi.ge hae

Left 그리고 Right 넌 나를 흔들어
keu.li.go neon na.leul heun.deu.leo

Disco night

아래위로 날 앞뒤로 내 마음을 뒤집어
a.lae.wi.lo na lap.ddwi.lo nae ma.eu.meul dwi.ji.beo

Inside out

그런 너는 솜사탕 아 질리지가 않아
keu.leon neo.neun som.sa.ttang a jil.li.ji.ga a.na

오늘 이 밤이 다 가기 전에
o.neu li ba.mi da ga.gi jeo.ne

Let's love all night

아직 난 사랑을 잘 몰라
a.jing nan sa.lang.eul jal mol.la

너를 처음 본 순간
neo.leul cheo.eum bon sun.gan

강하게 밀려오는 파도를 느꼈어
kang.ha.ge mil.lyeo.o.neun ppa.do.leul leu.ggyeo.sseo

내 마음 속 한구석까지도 깊이 적셔
nae ma.eum so kkan.gu.seok.gga.ji.do gi.ppi jeok.ssyeo

오 오 오 오 오 Girl
○ ○ ○ ○ ○

Repeat

#

期望今夜永恆

緊握我的手

這月光湛藍的美麗夜晚

與我一同漫步天際吧

I'm yours 只有妳 能讓我悸動不已

I'm outta control

I'm yours Nobody

沒有人能取代妳

令我瘋狂

Left 然後 Right 妳動搖了我

Disco night

上下前後左右搖擺 攪亂了我的心

Inside out

這樣的妳就像棉花糖 完全不會厭倦

在今夜走到盡頭之前

Let's love all night

我還不懂愛

初遇妳的瞬間

感受到席捲而來的巨大海浪

深深滋潤我內心的每個角落

Oh Oh Oh Oh Oh Girl

Repeat

Something Good Nothing better

넌 내게 한도 없는 Credit Card 처럼
neon nae.ge han.do eom.neun　　　　cheo.leom

나 힘없이 넘어가 이런 느낌 나쁘지 않아 Girl
na hi.meop.ssi neo.meo.ga i.leon neu.ggim na.bbeu.ji a.na

한 큐에 니 안에 들어갈게 너도 모르게
han kkyu.e ni a.ne deu.leo.gal.gge neo.do mo.leu.ge

내가 자꾸만 생각날 거야 꿈속에서 만나
nae.ga ja.ggu.man saeng.gang.nal ggeo.ya ggum.seo.ge.seo man.na

I'm waiting for you

아직 난 사랑을 잘 몰라
a.jing nan sa.lang.eul jal mol.la

니 앞에 설 때마다 강하게 밀려오는 파도를 느꼈어
ni a.ppe seol ddae.ma.da gang.ha.ge mil.lyeo.o.neun ppa.do.leul leu.ggyeo.sseo

내 마음 속 한구석까지도 깊이 적셔 오오오오오 Girl
nae ma.eum so kkan.gu.seok.gga.ji.do gi.ppi jeok.ssyeo o o o o o

Repeat

I just wanna love you all night long

니 품에 안겨 잠들고 싶어 Tonight
ni ppu.me an.gyeo jam.deul.go si.ppeo

I'm yours 너만이 나를 설레게 해
neo.ma.ni na.leul seol.le.ge hae

I'm outta control

I'm yours Nobody 아무도 널 대신할 수 없어
a.mu.do neol dae.si.nal ssu eop.sseo

날 미치게 해
nal mi.chi.ge hae

(I'm yours 너만이 나를 설레게 해 I'm outta control)
neo.ma.ni na.leul seol.le.ge hae

별이 빛나는 아름다운 밤이야이야
pyeo.li bin.na.neun a.leum.da.un ba.mi.ya.i.ya

(I'm yours Nobody 아무도 널 대신할 수 없어)
a.mu.do neol dae.si.nal ssu eop.sseo

이 밤이 영원하길 내 손 잡아봐
i ba.mi yeong.wo.na.gil lae son ja.ba.bwa

(I'm yours Nobody 아무도 널 대신할 수 없어)
a.mu.do neol dae.si.nal ssu eop.sseo

푸른 달빛이 아름다운 밤이야이야
ppu.leun dal.bi.chi a.leum.da.un ba.mi.ya.i.ya

(날 미치게 해)
nal mi.chi.ge hae

나와 저 하늘을 걸어봐
na.wa jeo ha.neu.leul geo.leo.bwa

별이 빛나는 아름다운 밤이야이야
pyeo.li bin.na.neun a.leum.da.un ba.mi.ya.i.ya

Something good Nothing better

妳就像無限額度的信用卡

我不由自主地被吸引 這種感覺還不賴 Girl

一個眼神就進入妳的心 悄無聲息

我總是不斷想起妳 在夢中相會吧

I'm waiting for you

我還不懂愛 每當站在妳面前

感受到席捲而來的巨大海浪

深深滋潤我內心的每個角落 Oh Oh Oh Oh Oh Girl

Repeat

I just wanna love you all night long

想擁妳入懷沉沉入睡 Tonight

I'm yours 只有妳 能讓我悸動不已

I'm outta control

I'm yours Nobody 沒有人能取代妳

令我瘋狂

(I'm yours 只有妳 能讓我悸動不已 I'm outta control)

這星空璀璨的美麗夜晚

(I'm yours Nobody 沒有人能取代妳)

期望今夜永恆 緊握我的手

(I'm yours Nobody 沒有人能取代妳)

這月光湛藍的美麗夜晚

(令我瘋狂)

與我一同漫步天際吧

這星空璀璨的美麗夜晚

單字 / 片語	詞性	意思	例
아름답다	形容詞	美麗	아름다운 밤이야. 美麗的夜晚啊。 ・補充：아름답다屬於「ㅂ不規則變化」
걷다	動詞	走路	같이 걸어가자! 一起走去吧！ ・補充：걷다屬於「ㄷ不規則變化」
설레다	動詞	悸動	그를 보면 자주 설레요. 看到他常常感到悸動。
대신하다	動詞	代替	아무도 우리 엄마를 대신할 수 없어요. 誰都不能代替我媽媽。
뒤집다	動詞	翻	집을 다 뒤집었는데 못 찾았어요. 把家裡都翻過了還是找不到。
솜사탕	名詞	棉花糖	솜사탕은 달아요. 棉花糖甜甜的。
질리다	動詞	膩	탕수육에 질렸어요. 厭倦糖醋肉了。
잘 모르다	慣用	不太知道	그 사람 잘 몰라. 不太知道那個人。
처음	副詞	第一次	처음 뵙겠습니다. 初次見面。
파도	名詞	波濤、海浪	파도가 밀려왔어요. 海浪湧了過來。
느끼다	動詞	感覺	방금 지진 못 느꼈어요？ 沒感覺到剛剛地震嗎？
한구석	名詞	一角	내 마음 한구석이 고장났나 봐요. 我心裡的一角好像故障了。
적시다	動詞	弄溼	핸드폰을 물에 적셨어요. 手機被水弄溼了。
한도	名詞	限度	한도 없이 沒有限度
힘	名詞	力量	힘이 나요. 有力量。
느낌	名詞	感覺	좋은 느낌 好的感覺
만나다	動詞	見面	만나서 반가워요. 很高興認識你。
품	名詞	懷抱	내 품에 다가와요. 來我懷抱裡。
안기다	動詞	被抱著	어머니의 품에 안겨요. 投進媽媽的懷抱。
잠들다	動詞	睡覺	잠들고 싶어요. 想睡覺。

🎧 20

文法

1. 動詞 ＋아 / 어 / 여 보다　試著～
例 내 손 잡아봐. 試著抓住我的手～
例 친구하고 연락해 봐. 試著和朋友聯絡。
例 이 노래 들어 봐. 聽聽看這音樂。

2. 動詞 ＋기 전에　～之前
例 한국에 가기 전에 돈을 벌어야 돼요.
　去韓國之前必須先賺錢。
例 밥을 먹기 전에 손을 씻어요. 吃飯之前洗手。
例 계산하기 전에 돈을 잘 챙기세요.
　結帳之前記得準備好錢。

3. 動詞 / 形容詞 ＋ 지 않다　不～
例 나쁘지 않아. 不壞。
例 예쁘지 않아. 不美麗。
例 멀지 않아. 不遠。
小提示：
表示「不～」，還可以用안～
안＋動詞 / 形容詞
안 나빠. 不壞。
안 예뻐. 不美麗。
안 멀어. 不遠。

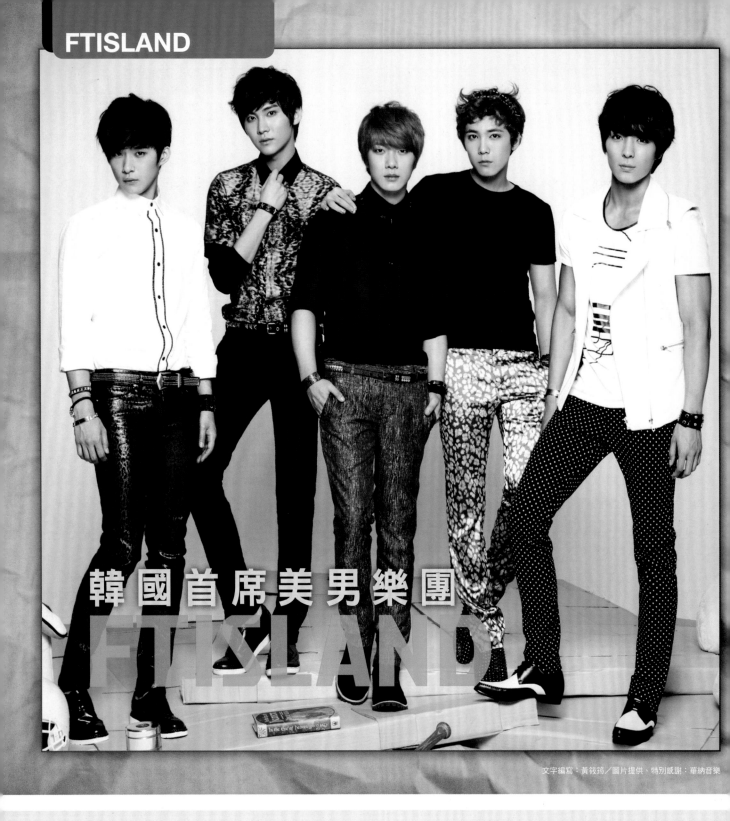

韓國首席美男樂團
FTISLAND

文字編寫：黃筱筠／圖片提供、特別感謝：華納音樂

今年九月，FTISLAND 發行了最新韓語正規專輯《FIVE TREASURE BOX》，主打歌《我希望（I wish）》曲調輕鬆活潑，真摯地向自己喜愛的女孩告白，果然融化了不少歌迷的心，在韓國發行當天即攻佔銷售榜第一名。為了感謝歌迷們的支持，再加上韓國每年 11 月所舉行的大學聯考即將到來，五位團員們想要替高三考生歌迷們加油打氣，所以只要有在韓國參加募集活動的考生就有機會免費獲得五位團員

們免費招待的炸雞呢！

今年五月曾到台灣開唱的 FTISLAND，當時創下門票開賣 12 分鐘就售罄的傲人佳績，演唱會上的精采表演更是讓粉絲念念不忘，因此在推出最新韓語正規專輯《FIVE TREASURE BOX》之際，FTISLAND 宣佈即將展開最新亞洲巡迴演唱會，並確定 12 月 15 日、16 日將在台北展演二館舉辦「2012 TAKE FTISLAND 亞洲巡迴演唱會台北場」。首次在台灣一

李在真
이재진

生日：1991 年 12 月 17 日
身高：177 公分
體重：58 公斤
血型：A 型
星座：射手座

崔鍾訓
최종훈
（隊長）

生日：1990 年 3 月 7 日
身高：178 公分
體重：65 公斤
血型：A 型
星座：雙魚座

崔敏煥
최민환

生日：1992 年 11 月 11 日
身高：173 公分
體重：56 公斤
血型：A 型
星座：天蠍座

李洪基
이홍기

生日：1990 年 3 月 2 日
身高：178 公分
體重：60 公斤
血型：AB 型
星座：雙魚座

宋承炫
송승현

生日：1992 年 8 月 21 日
身高：180 公分
體重：60 公斤
血型：O 型
星座：獅子座

連兩天舉辦演唱會，團員們對此都感到相當興奮。主唱李洪基在錄製台北場演唱會影片時特地提到，五月份來台開唱時見到台灣歌迷們給予極大熱情應援，還經常到團員們的推特（Twitter）留言，讓他們內心相當感動與感謝，保證一定以全新的樣貌給大家完全不同的感受，讓大家「TAKE」更多與五位團員們在一起的美好回憶。

以疼愛粉絲出名的 FTISLAND，每每在專輯宣傳活動即將告一段落的時候都會向粉絲表達感謝之情，今年也在公園與大約五百名的粉絲一起進行了「紀念末放（本次宣傳期最後一次演出）粉絲會」，而且在最後播出的那一天，李在真以 FTISLAND 的名義大方送粉絲飲料跟飯糰，上面還貼了「紀念末放！！！今天在真請客！！！感謝大家支持第四張正規專輯 ^_^Primadonna 最棒」這麼貼心的五寶，12 月的演唱會大家一定要大聲應援喔！

大事記

FTISLAND · FTISLAND · FTISLAND · FTISLAND · FTISLAND · FTISLAND · FTISLAND · FTISLAND
FTISLAND · FTISLAND · FTISLAND · FTISLAND ·

2007 年 6 月 5 日	韓國發行首張正規專輯《Cheerful Sensibility》
2007 年 12 月 3 日	韓國發行特別專輯《The Refreshment》
2008 年 8 月 25 日	韓國發行第二張正規專輯《Colorful Sensibility Part 1》
2008 年 10 月 17 日	韓國發行《Colorful Sensibility Part 2》
2009 年 2 月 11 日	韓國發行首張迷你專輯《Jump Up》
2009 年 7 月 16 日	韓國發行第三張正規專輯《Cross & Change》
2009 年 10 月 26 日	韓國發行《Double Date》（內含正規 3 輯的改版專輯《One Date》以及 FTISLAND 子團 FT. triple 的《Two Date》）
2010 年 1 月 29 日	台灣發行《NO.1 無敵首選 CD+DVD 台灣獨占豪華典藏盤 BEAUTIFUL HITS FOR ASIA》
2010 年 2 月 5 日	台灣發行《雙重約會 Double Date》
2010 年 2 月 27 日	首度來台開唱
2010 年 3 月 26 日	台灣發行《繽紛世代 Colorful Sensibility》、《JUMP UP》
2010 年 8 月 25 日	韓國發行第二張迷你專輯《Beautiful Journey》
2010 年 10 月 8 日	台灣發行《韓國正規 3 輯— CROSS & CHANGE》
2010 年 10 月 12 日	台灣發行《美麗的旅程》
2010 年 12 月 25 日	台灣發行《BEAUTIFUL HITS FOR ASIA VOL.2 無敵首選 2 輯》 FTISLAND Beautiful journey 演唱會台灣場
2011 年 3 月 4 日	台灣發行《Colorful Sensibility Part 2 繽紛世代 Part 2 》
2011 年 5 月 24 日	韓國發行第三張迷你專輯《RETURN》
2011 年 6 月 24 日	台灣發行《RETURN》
2011 年 10 月 10 日	韓國發行翻唱專輯《MEMORY IN FTISLAND》
2011 年 11 月 11 日	台灣發行《MEMORY IN FTISLAND》
2012 年 1 月 31 日	韓國發行第四張迷你專輯《GROWN-UP》
2012 年 3 月 2 日	台灣發行《GROWN-UP》
2012 年 5 月 26 日	PLAY! FTISLAND 2012 亞洲巡迴演唱會台灣場
2012 年 9 月 10 日	韓國發行第四張正規專輯《FIVE TREASURE BOX》
2012 年 10 月 5 日	台灣發行《FIVE TREASURE BOX》
2012 年 12 月 15 日	2012 TAKE FTISLAND 亞洲巡迴演唱會台灣場

我希望（I wish）

作詞：한성호　　作曲：김도훈，이상호
編曲：이상호

넌 너무 예뻐서 난 네가 탐이나 neon neo.mu ye.bbeo.seo nan ne.ga tta.mi.na	你太美麗 讓我想占為己有
넌 너무 착해서 난 네가 탐이나 neon neo.mu cha.kkae.seo nan ne.ga tta.mi.na	你太善良 讓我想占為己有
웬만한 여자는 쳐다본 적 없는 내가 wen.ma.nan yeo.ja.neun chyeo.da.bon jeok eom.neun nae.ga	從不曾這樣凝視著如此漂亮的女孩過
왜 이럴까 바보처럼 wae i.leol.gga ba.bo.cheo.leom	我怎麼會像個傻瓜一樣
매일 매일을 또 너만 떠올려 mae.il mae.i.leul ddo neo.man ddeo.ol.lyeo	每天每天 滿腦子都是你
눈을 감아도 또 너만 떠올려 nu.neul ga.ma.do ddo neo.man ddeo.ol.lyeo	閉上雙眼 滿腦子還是你
널 볼 때마다 neol bol ddae.ma.da	每當見到你
난 막 심장이 떨려 숨이 막혀 nan mak ssim.jang.i ddeol.lyeo su.mi ma.kkyeo	我就心跳加速 呼吸急促
#	#
Baby 나라면 좋겠어 그러면 좋겠어 na.la.myeon jo.kke.sseo geu.leo.myeon jo.kke.sseo	Baby 希望那人是我 是那樣就好了
lonely lonely oh 나의 사랑 na.e sa.lang	lonely lonely oh 我的愛
네 사랑도 나였으면 좋겠어 ne sa.lang.do na.yeo.sseu.myeon jo.kke.sseo	希望你愛的也是我
uh uh uh uh uh uh	uh uh uh uh uh uh
Baby 나라면 좋겠어 그러면 좋겠어 na.la.myeon jo.kke.sseo geu.leo.myeon jo.kke.sseo	Baby 希望那人是我 是那樣就好了
lonely lonely oh 사랑해줘 sa.lang.hae.jwo	lonely lonely oh 愛我吧
더 이상은 혼자이긴 싫은데 uh uh uh teo i.sang.eun hon.ja.i.gin si.leun.de	我不想再孤單一人 uh uh uh
I love you	I love you
딴 사람 만나도 난 너만 보이고 ddan sa.lam man.na.do nan neo.man bo.i.go	即使跟別人相遇 我的眼裡只有你
딴생각을 해도 난 너만 보이고 ddan.saeng.ga.geul hae.do nan neo.man bo.i.go	即使想著別的事 我的眼裡只有你
다른 누굴 봐도 관심조차 안 가 ta.leun nu.gul bwa.do gwan.sim.jo.cha an ga	不管見到誰我都興致缺缺
내가 왜 이럴까 바보처럼 nae.ga wae i.leol.gga ba.bo.cheo.leom	我怎麼會像個傻瓜一樣
사랑인가 봐 한숨도 못 자고 sa.lang.in.ga bwa han.sum.do mot jja.go	這大概是愛吧 我徹夜難眠
널 사랑하나 봐 자꾸만 생각나 neol sa.lang.ha.na bwa ja.ggu.man saeng.gang.na	我想我愛上你了 總是想起你
널 만날 때면 neol man.nal ddae.myeon	只要見到你
난 어린아이처럼 행복해져 nan eo.li.na.i.cheo.leom haeng.bo.kkae.jyeo	我就像個孩子一樣 很幸福

#Repeat

사랑해 Love me 날 믿어 Believe me
sa.lang.hae   nal mi.deo

뭐든지 할 수 있어 널 위해 uh uh uh
mwo.deun.ji hal ssu i.sseo neol wi.hae

특별한   사랑 있나 아무리 찾아도 나만한 사랑 있나
tteuk.bbyeo.lan sa.lang in.na a.mu.li cha.ja.do na.ma.nan sa.lang in.na

찾아봐도 없을 걸
cha.ja.bwa.do eop.sseul ggeol

내 맘이 보이니 내 맘이 들리니
nae ma.mi bo.i.ni nae ma.mi deul.li.ni

순애보 같은 내 사랑을 받아줘 oh
su.nae.bo ga.tteun nae sa.lang.eul ba.da.jwo

널 기다리고 기다리는 내가 있잖아
neol gi.da.li.go gi.da.li.neun nae.ga it.jja.na

난 오직 너 하나만 사랑해
nan o.jing neo ha.na.man sa.lang.hae

Baby 너라면 좋겠어 그러면 좋겠어
neo.la.myeon jeo.kke.sseo geu.leo.myeon jo.kke.sseo

love me love me oh 나를 봐줘
na.leul bwa.jwo

내 반쪽이 너였으면 좋겠어 uh uh uh uh uh uh
nae ban.jjo.gi neo.yeo.sseu.myeon jo.kke.sseo

Baby 너라면 좋겠어 그러면 좋겠어
neo.la.myeon jo.kke.sseo geu.leo.myeon jo.kke.sseo

love me love me oh 널 사랑해
neol sa.lang.hae

너 아니면 다른 사랑 안 할래 uh uh uh
neo a.ni.myeon da.leun sa.lang an hal.lae

I love you

나라면 좋겠어 그러면 좋겠어
na.la.myeon jo.kke.sseo geu.leo.myeon jo.kke.sseo

lonely lonely oh 사랑해줘
sa.lang.hae.jwo

더 이상은 혼자이긴 싫은데 uh uh uh
teo i.sang.eun hon.ja.i.gin si.leun.de

I love you

#Repeat

請愛我 Love me 相信我 Believe me

我什麼都可以為你做 uh uh uh

特別的愛存在嗎 再怎麼尋尋覓覓

有像我這樣的愛嗎 應該找不到吧

有看到我的心嗎 有聽到我的心嗎

請接受我為愛在所不惜的情感 oh

不是有我在癡癡地等你嗎

我愛的只有你

Baby 希望那人是你 是那樣就好了

love me love me oh 請看著我

希望我的另一半是你 uh uh uh uh uh uh

Baby 希望那人是你 是那樣就好了

love me love me oh 我愛你

如果不是你我就不愛 uh uh uh

I love you

希望那人是我 是那樣就好了

lonely lonely oh 愛我吧

我不想再孤單一人 uh uh uh

I love you

單字 / 片語	詞性	意思	例
탐이 나다	慣用	想得到	언니 귀걸이가 탐이 나~ 好想要姐姐的耳環~
착하다	形容詞	善良、乖	우와~ 아이는 참 착하네. 哇~小朋友好乖。
웬만하다	形容詞	一般、還可以	웬만한 살림 小康生活
여자	名詞	女生	여자 화장실이 어디에 있어요? 女生洗手間在哪？
매일	名詞	每天	매일 뭐 해요? 每天都在幹嘛？
감다	動詞	閉上（眼睛）	선물 줄 테니 눈 좀 감아 봐. 我有禮物要給你，你眼睛閉起來。
막	副詞	一下子	흰 머리가 막 생기고 늙어 보이네. 白髮一下長出來，看起來老喔。
떨리다	動詞	發抖	긴장해서 떨려요. 緊張到發抖。
숨이 막히다	慣用	呼吸困難	연기 때문에 숨이 막혀요. 因為煙的關係，呼吸很困難。
보이다	被動詞	看得到	우체국이 보여요. 看的到郵局。
딴 생각	名詞	別的想法	딴 생각 하고 있지? 你在想別的對吧？
관심	名詞	關心、感興趣	나한테 관심이 있어요? 你對我感興趣嗎？
조차	助詞	連	난 그녀의 이름조차 몰라요. 我連她的名字都不知道。
한숨 자다	慣用	睡一會兒	우리 한숨 자자! 我們睡一會兒吧！
어린아이	名詞	小朋友	어린아이와 비슷하네. 像小朋友一樣。
행복해지다	動詞	變幸福	행복해지고 싶어요. 想變得幸福。
특별하다	形容詞	特別的	오늘 옷차림 좀 특별하네. 어디 갈 거야? 你今天的衣著很特別喔。要去哪裡嗎？
아무리	副詞	再怎麼~	아무리 열심히 해도 잘 안 돼요. 再怎麼認真做都沒用。
찾다	動詞	找	뭘 찾으세요? 你在找什麼呢？
만하다	接尾詞	跟~一樣	그녀의 얼굴이 주먹만해요. 她的臉跟拳頭一樣（小）。
들리다	動詞	聽見	여기 잘 안 들려요. 더 크게 말해 봐요. 這裡聽不太清楚，再講大聲一點。
받다	動詞	收	자~ 받아! 來~收著。
기다리다	動詞	等待	기다리면서 먹어도 돼요. 可以邊等邊吃。
오직	副詞	只有	오직 그 방법밖에 없어. 只有那個方法。
반쪽	名詞	另一半	내 반쪽 어디 있어? 我另外一半在哪？

🎧 22

文法

1. 名詞 ＋마다　每~

例 날마다 한국어를 배우면 금방 잘할 수 있을 거예요.
每天學習韓文的話，韓文很快就會講得很好。

例 해마다 외국 여행을 가요. 每年都出國旅遊。

例 밤마다 운동해요. 每個夜晚都運動。

2. 動詞 ＋(으)면 좋겠다　~的話就太好了！

例 졸업 후에 바로 취직하면 좋겠어요.
要是畢業馬上就業就太好了。

例 기억을 못 하면 좋겠어. 要是記不得就太好了。

例 함께 하면 좋겠어. 一起做的話就太好了。

3. 動詞 ＋(으)ㄹ래(요)　想~

例 뭐 먹을래요? 你想吃什麼？

例 같이 갈래요? 想一起去嗎？

例 술 한잔 할래요? 想不想喝杯酒？

文字編寫：王映宇／圖片提供：環球音樂

m iss A
韓國超人氣女子偶像團體

由 Min、Jia、Fei、Suzy 四位歌舞俱佳的女孩組合
而成的 miss A，是韓國歌壇中首次出現的中韓跨國
組合女子團體，在出道曲〈Bad Girl Good Girl〉即
展現出堅強的歌唱實力，性感又整齊劃一的舞
蹈動作，更令人留下深刻印象，出道之初就有
Wonder Girls 接班人的稱號。

Suzy！Suzy 因為清純甜美的外貌及可愛迷糊的個性，得到眾多粉絲的喜愛，也成為最受矚目、人氣最旺的團員。小小年紀就擁有令人驚艷的歌聲及演唱實力。此外，Suzy 今年還躋身電影咖，演出《建築學概論》，清純自然的演技，不僅受封為韓國全民的初戀，更奪下今年韓國百想藝術大賞最佳新人獎的殊榮！集歌、舞、演、藝於一身的 Suzy，為了全力打拼事業，也宣布放棄明年的大學考試，往後會有什麼發展性更令人期待！

　　和台灣歌迷相當有緣的 miss A，曾於去年來台宣傳專輯的亞洲豪華獨占精選盤，並於 10 月 20 日在台北誠品站前店藝文西廣場舉辦專輯簽名會，現場以過人的魅力迷倒台灣粉絲。今年除了受邀參加金曲獎演出之外，更在 11 月 24 日舉辦歌迷見面會，為回饋粉絲，現場還抽出了五百名幸運兒參加簽名會呢！

Fei 페이

生日：1987 年 4 月 27 日
身高：164 公分
星座：金牛座

Suzy 수지

生日：1994 年 10 月 10 日
身高：168 公分
星座：天秤座

　　今年 3 月在台灣發行《miss A Touch 亞洲獨占CD+DVD》，〈TOUCH〉訴說了儘管在愛情中受過傷害，卻在傷痛中再次勇敢接受新戀情，富有中毒性的旋律和〈TOUCH〉的歌詞一起不斷反覆，彰顯獨特的吸引力，強化了 miss A 特有的個性色彩。專輯一推出就直接登上台灣 O MUSIC 日韓音樂排行榜第一名，可見台灣粉絲們對 miss A 的熱情及喜愛。

　　今年 10 月 15 日 miss A 發行全新專輯《I don't need a man》，一公開專輯概念照就引起話題，團員在照片中身穿西裝，搭配蝴蝶結、閃閃發亮的領帶以及手杖，展現女性獨立自信的風貌。新歌一公開，便攻佔韓國音樂排行榜第二名，令人朗朗上口的旋律搭配帥氣又不失性感的舞蹈動作，再加上miss A 獨特的魅力，擄獲了不少男粉絲的心。

　　說到 miss A 就不得不提到團員中的老么

Min 민

生日：1991 年 6 月 21 日

身高：161 公分

星座：雙子座

Jia 지아

生日：1989 年 2 月 3 日

身高：164 公分

星座：水瓶座

大事紀

2010 年

2010 年 7 月 1 日　韓國發行《Bad But Good》

2010 年 9 月 27 日　韓國發行《Step Up》

2011 年

20011 年 7 月 18 日　韓國發行首張正規專輯《A Class》

2011 年 10 月 4 日　台灣發行《A CLASS》

2011 年 10 月 20 日　來台宣傳專輯記者會

2011 年 11 月 26 日　來台參加「2011 大韓流‧大高雄」演唱會

2012 年

2012 年 1 月 7 日　來台錄製「2012 超級巨星紅白藝能大賞」

2012 年 2 月 20 日　韓國發行《Touch》

2012 年 3 月 23 日　台灣發行《Touch》

2012 年 6 月 23 日　來台參加第 23 屆金曲獎

2012 年 10 月 15 日　韓國發行《Independent Women pt. Ⅲ》

2012 年 11 月 2 日　台灣發行《Independent Women pt. Ⅲ》

2012 年 11 月 24 日　舉行台灣歌迷見面會

手機掃描QR Code，
一邊聽歌
一邊學習

本歌曲中、韓歌詞由環球音樂提供

I Don't Need A Man

作詞：J.Y.Park"The Asiansoul" 作曲：J.Y.Park"The Asiansoul"
編曲：홍지상 ,J.Y.Park"The Asiansoul"

This is for all the independent ladies

Let's go

\#

나는 남자 없이 잘 살아
na.neun nam.ja eop.ssi jal sa.la

그러니 자신이 없으면 내 곁에 오지를 마
keu.leo.ni ja.si.ni eop.sseu.myeon nae gyeo.tte o.ji.leul ma

나는 함부로 날 안 팔아
na.neun ham.bu.lo na lan ppa.la

왜냐면 난
wae.nya.myeon nan

I don't need a man I don't need a man

(What?)

I don't need a man I don't need a man

(진짜)
jin.jja

I don't need a man I don't need a man

(정말)
jeong.mal

I don't need a man I don't need a man

나는 남자 없이 잘 잘 살아
na.neun nam.ja eop.ssi jal jal sa.la

내 돈으로 방세 다 내
nae do.neu.lo bang.se da nae

먹고 싶은 거 사 먹고 옷도 사 입고
meok.ggo si.ppeun geo sa meok.ggo ot.ddo sa ip.ggo

충분하진 않지만 만족할 줄 알아
chung.bu.na.ji nan.chi.man man.jo.kkal jju la.la

그래서 난 나를 사랑해 (hey)
keu.lae.seo nan na.leul sa.lang.hae

부모님의 용돈 내 돈처럼
pu.mo.ni.me yong.don nae don.cheo.leom

쓰고 싶지 않아 나이가 많아
sseu.go sip.jji a.na na.i.ga ma.na

손 벌리지 않는 게 당연한 거 아냐
son beol.li.ji an.neun ge dang.yeo.nan geo a.nya

그래서 난 내가 떳떳해 (hey)
keu.lae.seo nan nae.ga ddeot.ddeo.ttae

Boy don't say

내가 챙겨줄게 내가 아껴줄게 No No
nae.ga chaeng.gyeo.jul.gge nae.ga a.ggyeo.jul.gge

This is for all the independent ladies

Let's go

我沒有男人也能過得很好

所以如果不夠自信就不要靠近我

我不會隨便出賣我自己

因為我

I don't need a man

What?

I don't need a man

是嗎

I don't need a man

真的

I don't need a man

我沒有男人也能過得好

用自己的錢房租都付得起

想吃的自己買著吃 想穿的自己買著穿

雖然不充足 但我懂得滿足

所以我愛我 hey

父母給的零用錢

不想花的像自己錢似的

長大了 不再向他們伸手 難道不是應該的嗎

所以我覺得自己挺自豪的 hey

Boy don't say

我會照顧你 我會珍惜你 No No

Boy don't play

진지하게 올 게 아니면
jin.ji.ha.ge　ol gge　a.ni.myeon

#Repeat

잘난 체는 안돼 딴 데서는
jal.lan　che.neun　an.dwae　ddan　de.seo.neun

통할지 몰라도 너만큼 나도
ttong.hal.ji　mol.la.do　neo.man.kkeum　na.do

잘나진 않았지만 자신감은 넘쳐
jal.la.ji　na.nat.jji.man　ja.sin.ga.meun　neom.chyeo

그래서 난 나를 사랑해 (hey)
keu.lae.seo　nan　na.leul　sa.lang.hae

내 힘으로 살게 딴 애처럼 부모님 잘 만나 남자 잘 만나
nae　hi.meu.lo　sal.gge　dda nae.cheo.leom　bu.mo.nim　jal　man.na　nam.ja　jal　man.na

편하게 사는 거 관심이 없어
ppyeo.na.ge　sa.neun　geo　gwan.si.mi　eop.sseo

그래서 난 내가 떳떳해 (hey)
keu.lae.seo　nan　nae.ga　ddeot.ddeo.ttae

Boy don't say

내가 너의 미래 나를 믿고 기대 No No
nae.ga　neo.e　mi.lae　na.leul　mit.ggo　gi.dae

Boy don't play

나를 존중할 게 아니면
na.leul　jon.jung.hal　gge　a.ni.myeon

#Repeat

매일 아침 일찍 일어나서
mae.i　la.chi　mil.jjk　i.leo.na.seo

하루 종일 바빠서 밥 한 끼 제대로 못 먹어
ha.lu　jong.il　ba.bba.seo　ba　ppan　ggi　je.dae.lo　mon　meo.geo

하지만 내가 좋아서 한 일이야
ha.ji.man　nae.ga　jo.a.seo　han　ni.li.ya

돈이야 작지만 다 내 땀이야
to.ni.ya　jak.jji.man　da　nae　dda.mi.ya

남자 친구가 사 준 반지 아니야
nam.ja　chin.gu.ga　sa　jun　ban.ji　a.ni.ya

내 차 내 옷 내가 벌어서 산 거야
nae　cha　nae　ot　nae.ga　beo.leo.seo　san　geo.ya

적금 넣고 부모님 용돈 드리고 나서 산 거야
jeok.ggeum　neo.kko　bu.mo.nim　yong.don　deu.li.go　na.seo　san　geo.ya

남자 믿고 놀다 남자 떠나면 어떡할 거야
nam.ja　mit.ggo　nol.da　nam.ja　ddeo.na.myeon　eo.ddeo.kkal ggeo.ya

이런 내가 부러워?
i.leon　nae.ga　bu.leo.wo

부러우면 진 거야
pu.leo.u.myeon　jin　geo.ya

#Repeat

Boy don't play

如果不是認真的話

#Repeat

裝模作樣的不行

在其他地方是怎樣我不清楚

雖然不如你出色 但我也充滿自信

所以我愛我 hey

我會靠自己生活 不像有的人遇到好父母 遇到好男人

那種舒適的生活 我不關心

所以我覺得自己挺自豪的 hey

Boy don't say

我是你的未來 相信我 依靠我 No No

Boy don't play

如果不懂得尊重我的話

#Repeat

每天清晨早早起床

一整天忙碌到 連一頓飯都沒辦法吃好

但這是我喜歡做的事

雖然錢不多 但都是我的汗水

這不是男友 買給我的戒指

我的車 我的衣服 都是用自己的錢買的

存了積蓄 給了父母零用錢後買的

如果相信男人跟他玩完 男人離開了要怎麼辦

羨慕這樣的我嗎

羨慕的話 你就輸了

#Repeat

單字 / 片語	詞性	意思	例
살다	動詞	生活、居住	같이 사는 게 어때요 ? 一起住如何呢 ?
그러니	連接詞	所以	그러니 말이 너무 많다 말이에요 . 所以説話太多啊 。
자신	名詞	自信；自己	자신을 잘 알아야 해요 . 必須要很瞭解自己 。
함부로	副詞	隨便	함부로 말하지 마요 . 不要隨便亂説話 。
팔다	動詞	賣	팔고 싶은데… 我想賣耶～
돈	名詞	錢	돈을 열심히 벌고 있어요 . 努力賺錢中 。
방세	名詞	房租	방세 한 달에 얼마 정도 돼요 ? 房租一個月大概多少 ?
사 먹다	動詞	買來吃	오늘 저녁에 우리 사 먹자 . 今天晚餐我們買來吃吧 。
사 입다	動詞	買來穿（衣）	우리 언니가 새 옷을 사 입는 걸 참 좋아해요 . 我姐很喜歡買新衣服來穿 。
충분하다	形容詞	充分的	이 정도는 충분해요 . 這程度算夠了 。
만족하다	形容詞	滿足	만족할 줄 알아요 . 懂得滿足 。
그래서	連接詞	所以	그래서 산 거예요 . 所以買了 。
부모님	名詞	父母	부모님 다 건강하세요 ? 父母都健康吧 ?
용돈	名詞	零用錢	용돈 많이 주세요 . 給我多點零用錢 。
쓰다	動詞	花費	어제 찾은 돈은 다 썼어요 . 昨天領的錢都花光了 。
나이	名詞	年齡	나이 문제는 중요하지 않아요 . 年齡問題不重要 。
벌리다	動詞	打開	입을 벌려 보세요 . 把嘴巴打開 。
당연하다	形容詞	當然	당연한 거 아니에요 ? 這不是應該的嗎 ?
떳떳하다	形容詞	理直氣壯	떳떳하게 살아요 . 活得正正當當的 。
챙기다	動詞	照顧	이렇게 잘 챙겨줘서 감사해요 . 謝謝你這麼照顧我 。
아끼다	動詞	珍惜	부모님을 아껴야 돼요 . 要好好珍惜父母 。
진지하다	形容詞	真摯	말이 진지해요 . 話講得很真心 。
아니면	慣用	還是～	내일 ? 아니면 모레 ? 明天 ? 還是後天 ?
통하다	動詞	相通	말이 통해요 . 語言相通 。
자신감	名詞	自信感	자신감 있어요 . 我有自信 。
애	名詞	小孩子	애야 ~ 이리 와 . 小孩子～來這裡 。
잘 만나다	慣用	認識到好的人	좋은 집을 잘 만났어 . 認識到好人家 。
편하다	形容詞	舒服	편하게 앉아요 . 請坐舒服點 。
기대다	動詞	倚靠	문에 기대지 마십시오 . 請勿靠著門 。
존중하다	動詞	尊重	연예인 사생활을 존중하세요 . 請尊重演藝人員的私生活 。
일찍	副詞	早早地	일찍 가도 돼요 ? 可以早點去吧 ?
일어나다	動詞	起床	어서 일어나요 . 快點起床 。
바쁘다	形容詞	忙碌	좀 바빠요 . 有點忙 。
밥	名詞	飯	밥 먹었어요 ? 안 먹었으면 같이 먹어요 . 吃飯了嗎 ? 還沒吃的話一起吃吧 。
한 끼	名詞	一餐	한 끼만 먹었다고요 ? 你説你只吃一餐 ?
하지만	連接詞	雖然～但是（表前後轉折語氣）	하지만 시간이 없어요 . 但是沒時間 。
남자 친구	名詞	男朋友	남자 친구 없어요 . 沒有男朋友 。 · 補充：남자 친구等於남친
반지	名詞	戒指	비싼 반지인 것 같아요 . 好像是很貴的戒指 。
차	名詞	車子	차 가지고 왔어요 . 開車來的 。
벌다	動詞	賺錢	돈 벌어서 집을 사려고요 . 打算賺錢買房子 。
적금 (을) 넣다	動詞	存錢	적금 넣어야지 . 必須要存錢 。
드리다	動詞	給（尊敬語）	다 드릴게요 . 都給您 。
놀다	動詞	玩	놀러 가요 . 去玩 。
부럽다	形容詞	羨慕	부러워요…저도 가고 싶어요 . 好羨慕～我也想去 。 · 補充：부럽다屬於「ㅂ不規則變化」
지다	動詞	輸	지면 절대로 안 되니까 다들 최선을 다 합시다 . 一定不能輸，大家盡最大的努力吧

🎧 24

文法

1. 왜냐면＋原因　因為～
- 例 왜냐면 너를 사랑해 . 因為我愛你 。
- 例 왜냐면 비싸기 때문이에요 . 因為貴 。
- 例 왜냐면 내 거 아니니까요 . 因為不是我的 。

2. 動詞＋(으)ㄹ 줄 알다　懂得～
- 例 어떻게 갈 줄 압니다 . 我知道怎麼去 。
- 例 피아노를 칠 줄 알아요 . 我會彈鋼琴 。
- 例 한국어 할 줄 알아요 . 我會説韓文 。

3. 動詞＋는 게 (것이)　把動詞名詞化放主語位置
- 例 책을 읽는 게 중요해요 . 讀書很重要 。
- 例 다리가 다쳐서 걷는 게 참 불편해요 . 腿受傷走路很不方便 。
- 例 우리 택시를 타는 게 어때요 ? 我們搭計程車如何呢 ?

B.A.P

最強硬漢新人團體

文字編寫：顏維婷／圖片提供、特別感謝：Sony Music

由容國、力燦、大賢、永才、鐘業及ZELO六名成員組合而成的B.A.P，於今年9月21日首度登台，為隔天即將舉辦的「B.A.P Showcase in Taiwan」做準備。初次訪台的他們，雖然當時出道僅兩百天，卻已累積大量人氣，當天一早就有約兩百名BABY（B.A.P歌迷名稱）在機場守候，只為搶先目睹偶像一面。B.A.P六名成員一出關便被粉絲的大批陣仗嚇到，放下舞台上強悍粗曠的形象，展露親民的一面，頻頻對歌迷揮手示意。

到達下榻飯店稍作休息後，B.A.P現身記者會，正式與台灣媒體見面。談到首次來台的感想，成員永才表示「我們得知有非常多人參加這次舉辦的Showcase，感到十分開心及感謝，很期待明天與台灣BABY見面。」至於來台灣有沒有特別想去的景點呢？隊長容國興奮地說道「這次來台灣我們最想要去的就是夜市了，一定要去！一定！」再三強調逛夜市的決心，其他成員都笑了出來。現

場也特別準備了成員們嚷嚷著想喝的珍珠奶茶，讓他們搶先體驗一下美味。來到台灣當然要學幾句中文，主持人教導B.A.P用台語說「你很漂亮」、「我愛你」，請成員力燦示範，力燦搞笑又可愛的流氓腔調惹得全場哄堂大笑。

B.A.P雖然今年1月26日才在韓國出道，卻已經發行了不少歌曲，22日的Showcase，加上出道歌曲《WARRIOR》，B.A.P總共演唱了9首歌曲，其中《NO MERCY》是一首融合韓國方言的曲子，有一整段RAP都是方言，聽起來別有一番強悍的風味，立即將現場氣氛炒熱到最高點。現場由吳建恆主持，大家幫10月15日生日的永才慶生，團員們紛紛把奶油抹到壽星臉上，彼此之間的好感情表露無遺，接下來還進行了訪問及遊戲，幸運被抽中的粉絲上台與B.A.P互動，而六位團員們也都非常親和，讓粉絲都對這次Showcase讚不絕口。

B.A.P

永才 영재
生日：1994 年 1 月 24 日
身高：178 公分
體重：65 公斤
血型：AB
興趣：音樂、睡覺

Zelo 젤로
生日：1996 年 10 月 15 日
身高：182 公分
體重：63 公斤
血型：A
興趣：作詞、滑板、聽歌

大賢 대현
生日：1993 年 6 月 28 日
身高：178 公分
體重：63 公斤
血型：A
興趣：電影、唱歌

鐘業 종업
生日：1995 年 2 月 16 日
身高：176 公分
體重：66 公斤
血型：B
興趣：聽歌、跳舞

方容國 방용국
生日：1990 年 3 月 31 日
身高：180 公分
體重：65 公斤
血型：O
興趣：運動、詞曲創作

力燦 힘찬
生日：1990 年 4 月 19 日
身高：180 公分
體重：69 公斤
血型：O
興趣：逛街血拼、吉他

大 事 記

2012 年 1 月 26 日
在韓發行首張單曲《Warrior》

2012 年 4 月 27 日
在韓發行第二張單曲《POWER》

2012 年 7 月 19 日
在韓發行首張迷你專輯《NO MERCY》

2012 年 8 月 29 日
在韓發行第一張迷你改版專輯《Crash》

2012 年 9 月 11 日
在台發行《NO MERCY》

2012 年 10 月 23 日
在韓發行第三張單曲《Stop it》

2012 年 9 月 22 日
「B.A.P 1st 亞洲巡迴 showcase」台灣站

2012 年 11 月 20 日
在台發行《Stop it》

2012 年

NO MERCY

作詞：방용국 , 전다운 , Marco　　作曲：전다운 , Marco　　編曲：전다운 , Marco

Yeah, sounds good!

We fly here B.A.P, leggo!

Boom clap! boom boom clap! x 3

Yeah, let it go something like..

마 , 느그들 그건 아이다 아이가
ma　neu.geul.deul　geu.geon　a.i.da　a.i.ga

음악이 장난이가 ? 고마 우린 아이다
eu.ma.gi　jang.na.ni.ga　go.ma　u.lin　a.i.da

니 그카니 내 이카지 ,
ni　geu.kka.ni　nae　i.kka.ji

안그카면 내 이카나 ?
an.geu.kka.myeon　nae　i.kka.na

고마하고 됐다마 ,
ko.ma.ha.go　dwaet.dda.ma

느그껀 저리 치아뿌라
neu.geu.ggeon　jeo.li　chi.a.bbu.la

아따 갸들 자세가 진짜로 아니여
a.dda　gya.deul　ja.se.ga　jin.jja.lo　a.ni.yeo

워메 , 행님들 이 꼴좀 보소 ,
wo.me　haeng.nim.deu li　ggol.jom　bo.so

겁나 아니여
keom.na　a.ni.yeo

나쁜자슥들 씻어주는게 사내 아입니까 ?
na.bbeun.ja.seuk.ddeul　ssi.beo.ju.neun.ge　sa.nae　a.im.ni.gga

므째이처럼 하는 랩 ,
meu.jjae.i.cheo.leom　ha.neun　laep

바로 이 맛 아입니까 ?
pa.lo　i　mat　a.im.ni.gga

틀에 갇힌 패러다임 ,
tteu.le　ga.chin　ppae.leo.da.im

부셔줄게 we so fly
pu.syeo.jul.gge

바보같이 따라하진 않겠어
pa.bo.ga.chi　dda.la.ha.ji　nan.kke.sseo

앵무새 같은 너와 나를 비교하지마
aeng.mu.sae　ga.tteun　neo.wa　na.leul　bi.gyo.ha.ji.ma

마 , 콱 궁딜 쌔리삐까 ?
ma　kkwak　gung.dil　ssae.li.bbi.gga

let me work out

가짜들을 깨 삐라 , we are world wide
ka.jja.deu.leul　ggae　bbi.la

No, no, no, no mercy!

Yeah, we are the B.A.P

Baby wussup! 우리가 왔어 !
u.li.ga　wa.sseo

Yeah, sounds good!

We fly here B.A.P, leggo!

Boom clap! boom boom clap! x 3

Yeah, let it go something like..

喂 小子，你們那樣是不行的，不是嗎？

音樂是兒戲嗎？我們可不那麼認為。

你先那樣我才會這樣，

你不那樣我會這樣嗎？

到此為止 行了吧，

給我滾到一邊去！

我說那些傢伙在搞什麼啊

哎呀，各位大哥，看他們這副德行，

真不該。

教訓臭小子們才是男子漢，不是嗎？

帥氣得唱著 rap，

不就是這個味道？

被束縛的枷鎖，

我來替你打破，we so fly

我才不會像傻瓜一樣盲從

像鸚鵡般的你，少來跟我比

嘖 真想踹你屁股一腳

let me work out

冒牌貨閃開！we are world wide

No, no, no, no mercy!

Yeah, we are the B.A.P

Baby wussup! 我們來了！

이제는 너그럽게 봐주지 않겠어
i.je.neun neo.geu.leop.gge bwa.ju.ji an.kke.sseo

No, no, no, no mercy!

Yeah, we are the B.A.P

이제 알겠어? 자비란 없어!
i.je al.ge.sseo ja.bi.lan eop.sseo

우리를 느낄 준비 됐음 put ya hands up!
u.li.leul leu.ggil jjun.bi dwae.sseum

더 크게 소리 질러봐 get ya hands up!
teo kkeu.ge so.li jil.leo.bwa

Boom clap! boom boom clap! x 3

Yeah, let it go something like..

아는 사람만 알아, 다 바라봐
a.neun sa.lam.man a.la da ba.la.bwa

We are the main

우릴 따라와, 잘 알아, 음악은 신나는 게임
u.lil dda.la.wa ja la.la eu.ma.geun sin.na.neun ge.im

차원이 다른 스타일, we makin'classic
cha.wo.ni da.leun seu.tta.il

제대로 느끼게 해줄게 이젠 너희들이 무서워할 말
je.dae.lo neu.ggi.ge hae.jul.gge i.jen neo.hi.deu.li mu.seo.wo.hal mal

We'll be back

음악이 울려 퍼진다, 함성이 크게 터진다
eu.ma.gi ul.lyeo ppeo.jin.da ham.seong.i kkeu.ge tteo.jin.da

마, 꽉 궁딜 쌔리삐까? let me work out
ma kkwak gung.dil ssae.li.bbi.gga

가짜들을 깨 삐라, we are world wide
ka.jja.deu.leul ggae bbi.la

No, no, no, no mercy!

Yeah, we are the B.A.P

Baby wussup! 우리가 왔어!
u.li.ga wa.sseo

이제는 너그럽게 봐주지 않겠어
i.je.neun neo.geu.leop.gge bwa.ju.ji an.kke.sseo

No, no, no, no mercy!

Yeah, we are the B.A.P

이제 알겠어? 자비란 없어!
i. je al.ge.sseo ja.bi.lan eop.sseo

우리를 느낄 준비 됐어 put ya hands up!
u.li.leul leu.ggil jjun.bi dwoe.sseo

더 크게 소리 질러봐 get ya hands up!
teo kkeu.ge so.li jil.leo.bwa

再也不會手下留情

No, no, no, no mercy!

Yeah, we are the B.A.P

明白了嗎？沒有慈悲這回事！

如果準備好要感受我們，put ya hands up!

扯開喉嚨大聲吶喊！get ya hands up!

Boom clap! boom boom clap! x 3

Yeah, let it go something like..

只有內行人才懂，大家都在看

We are the main

跟著我們，就會懂，音樂讓人血脈噴張

完全不同層次的 style， we makin'classic

要讓你徹底地感受 讓你們渾身顫慄的一句話：

We'll be back

音樂聲響徹雲霄，吶喊聲瘋狂爆發

嘖 真想踹你屁股一腳 let me work out

冒牌貨閃開！ we are world wide

No, no, no, no mercy!

Yeah, we are the B.A.P

Baby wussup! 我們來了！

再也不會手下留情

No, no, no, no mercy!

Yeah, we are the B.A.P

明白了嗎？沒有慈悲這回事！

如果準備好要感受我們，put ya hands up!

扯開喉嚨大聲吶喊！ get ya hands up!

單字／片語	詞性	意思	例
그건		那個（그것은的縮寫）	그건 좀 보여 주세요. 請給我看一下那個。
음악	名詞	音樂	무슨 음악을 자주 들어요? 你常聽什麼音樂？
장난	名詞	惡作劇	장난이야~ 믿지마. 是惡作劇啦～別相信。
우린		我們（우리는 的縮寫）	우린 여기서 헤어지자. 我們在此分手吧。
진짜로	副詞	真正的	진짜로 생각하지마. 別當真。
행님	名詞	哥哥的尊稱（男生對男生說，標準語是형님）	행님, 오랜만이에요. 哥哥，好久不見。
겁나다	動詞	害怕	이게 뭐야? 겁나. 這是什麼啊～好害怕。
맛	名詞	味道	맛이 어때요? 味道如何？
갇히다	被動詞	被關	새장에 갇힌 새 被關在鳥籠的鳥
따라하다	動詞	跟著做	날 따라해. 跟著我做。
앵무새	名詞	鸚鵡	앵무새 너무 귀여워. 鸚鵡好可愛。
같은	冠形詞	一樣的～	같은 세계 一樣的世界
와	助詞	和	"너와 나" 이란 노래는 들어본 적 있니? 你有聽過〈你和我〉這首歌嗎？ ・補充：名詞沒有尾音時加와；有尾音時加과
비교하다	動詞	比較	남과 비교하지 말고 자기와 비교하세요. 請不要和別人比，要和自己比。
가짜	名詞	假的東西	내가 보기엔 가짜같은데… 在我看來像是假貨…
너그럽다	形容詞	寬大	마음이 너그러워요. 心胸寬大。 ・補充：너그럽다屬於「ㅂ不規則變化」
자비	名詞	慈悲	자비란 무엇인가? 所謂的慈悲是什麼呢？
지르다	動詞	喊叫	소리를 질러~ 尖叫～
따라오다	動詞	跟著來	이쪽으로 따라오세요. 請跟著我往這邊走。
신나다	形容詞	興奮、開心	신나게 놀아. 玩得開心點。
게임	名詞	遊戲（game 的外來語）	게임 그만 해~ 숙제나 빨리 해. 不要再玩遊戲了～去做個作業也好。
차원	名詞	次元	송승헌의 별명은 16 차원이에요. 宋承炫的綽號是 16 次元。
스타일	名詞	類型（Style 的外來語）	오늘 무슨 스타일이야? 참 예쁘네! 今天走什麼類型啊～好美。
제대로	副詞	好好地、順利地	일이 제대로 돼 가요. 事情很順利。
퍼지다	動詞	蔓延	소문이 이미 퍼졌어요. 風聲已經都傳開了。
함성	名詞	喊聲	우렁찬 함성 嘹亮的呼喊聲

🎧 26

文法

1. 바로 + 名詞 　就是～
- 例 바로 저예요. 我就是。
- 例 바로 이 가게입니다. 就是這家店。
- 例 바로 옆에 있어요. 就在旁邊。

2. 名詞 + 같이 　像～一樣地
- 例 왜 모르니? 바보 같이… 為什麼不知道？像笨蛋一樣。
- 例 대박이야~ 인형 같이 생겼어! 신기하다!
  天啊～長得像娃娃一樣～好神奇！
- 例 얼음 같이 차요. 像冰一樣冷。

3. 動詞 + 지 않겠다 　我不～（個人意志強烈）
- 例 절대로 가지 않겠어. 我絕不去。
- 例 무섭지 않겠어. 我不害怕。
- 例 울지 않겠어. 我不哭。

BTOB
為節奏而生的**全能團體**

BTOB 是 CUBE 娛樂公司繼 4MINUTE、BEAST、G.NA 之後，特別針對海外市場所精心打造的全新七人男子偶像團體，由恩光、旼赫、昌燮、炫植、PENIEL、鎰勳、性材所組成。

文字編寫：王映宇／圖片提供、特別感謝：環球音樂

2012 年全新概念男聲團體 BTOB 是由七個平均年齡不到 21 歲的大男孩組成，他們柔美的嗓音，結合熱情的 RAP，打造出 BTOB 特有且嶄新的音樂風格。雖然團員都很年輕，但出道前的練習生時期，磨練出他們的精湛實力。不但聲線迷人、舞蹈精采，BTOB 的成員甚至在演奏、作詞、作曲、編曲各方面都展現出驚人的創作才能，也讓大家感到他們獨特的魅力！

今年 9 月 12 日，BTOB 在韓國發行第二張迷你專輯《Press Play》，專輯名稱明白地告訴大家「按下播放鍵」，代表希望大家趕快一起進入 BTOB 的音樂世界，一起沈醉在這場饗宴之中。主打歌〈WOW〉為 90 年代風靡全球的新貴搖擺風格，展現 BTOB 與眾不同的音樂類型與特色，也為歌迷帶來有別以往 K-POP 華麗電音的新鮮感受。在 9 月 14 日的韓國 Mnet 音樂節目《M Countdown》中，BTOB 首度公開了主打歌〈WOW〉的表演舞台。沉穩的節奏與復古式的舞蹈，完美展現了 90 年代流行的 New Jack Swing 曲風，令人留下深刻印象。

BTOB 團名為「Born To Beat」，代表「為節奏而生」的縮寫，其中「Beat」的意思為節拍、伴奏、背景、衝擊，隱含著七人對音樂的抱負、希望以及覺悟，帶有「為新的音樂和舞台而生」和「用音樂給全世界聽眾帶來衝擊」的意義。

Intro 曲〈Press Play〉則請來同公司的師姊 G.NA 合作，G.NA 除了和 BTOB 一起合唱之外，甚至也參與了這首歌的創作與發想。專輯另收錄充滿 90 年代懷舊風格的〈只知愛妳〉、傳達溫暖及甜蜜愛意給另一半告白的〈U&I〉、由木吉他編曲與溫柔嗓音譜成的〈My Girl〉，以及激勵人心、希望能為歌迷帶來力量的〈Stand Up〉等歌曲，帶給歌迷不同的聽覺享受。另外台灣地區已於 11 月 2 日推出 BTOB 的第二張迷你專輯《Press Play 亞洲特別盤 CD+DVD》，更獨家完整收錄主打歌〈WOW〉音樂錄影帶，喜歡 BTOB 的粉絲們，千萬不能錯過珍藏偶像的機會！

BTOB

徐恩光
서은광

生日：1990年11月22日
星座：天蠍座
身高：173公分
體重：62公斤

李旼赫
이민혁

生日：1990年11月29日
星座：射手座
身高：173公分
體重：61公斤

李昌燮
이창섭

生日：1991年2月26日
星座：雙魚座
身高：177公分
體重：64公斤

任炫植
임현식

生日：1992年3月7日
星座：雙魚座
身高：177公分
體重：66公斤

PENIEL
프니엘

生日：1993年3月10日
星座：雙魚座
身高：175公分
體重：63公斤

鄭鎰勳
정일훈

生日：1994年10月04日
星座：天秤座
身高：176公分
體重：64公斤

陸性材
육성재

生日：1995年5月2
星座：金牛座
身高：180公分
體重：68公斤

大 事 記

2012年3月21日
在韓發行《秘密 (INSANE)》

2012年4月3日
在韓發行首張迷你專輯《Born TO Beat》

2012年5月23日
在韓發行《Born TO Beat (Asia Special Edition)》

2012年6月15日
在台發行《BORN TO BEAT》

2012年7月12日
在韓發行數位單曲〈愛情病〉

2012年9月12日
在韓發行第二張迷你專輯《Press Play》

2012年11月2日
在台發行《Press Play》亞洲特別盤

2012 年

手機掃描QR Code，
一邊聽歌
一邊學習

本歌曲中、韓歌詞由環球音樂提供

WOW

作詞：김도훈, 서용배, 서재우　作曲：김도훈, 서용배, 서재우　編曲：김도훈, 서용배, 서재우

BTOB Back again

BTOB Change the game

BTOB Get your swag （on）

한순간 Feel 이 왔어 본 순간 딱　걸렸어
han.sun.gan　i　wa.sseo bon sun.gan ddak ggeol.lyeo.sseo

어떡해　난　어떡해
eo.ddeo.kkae　nan　eo.ddeo.kkae

수목 드라마 흔하디 흔한 주인공처럼
su.mok ddeu.la.ma heu.na.di heu.nan ju.in.gong.cheo.leom

뻔뻔히　다가갔어
bbeon.bbeo.ni　da.ga.ga.sseo

빨간 립스틱 까만 스타킹
bbal.gan lip.sseu.ttik gga.man seu.tta.kking

장미 한 송이 날 부르는 눈빛
jang.mi han song.i nal bu.leu.neun nun.bit

오늘 밤 여기 너와 단둘이
o.neul ba myeo.gi neo.wa dan.du.li

둘만의 Party oh party tonight
tul.ma.ne

　（Put'em up Put'em up Put'em up Yo!）

#

급이 달라 남달라 태 태 태 태가 달라
keu.bi dal.la nam.dal.la ttae ttae ttae ttae.ga dal.la

I like it I like it

뭔가 달라 넌 달라 태 태 태 태가 달라
mwon.ga dal.la neon dal.la ttae ttae ttae ttae.ga dal.la

I like it I like it

##

Don't break 오에오에오 Okay
o.e.o.e.o

오에오에 오 Play Don't break
o.e.o.e　o

Don't break 오에오에오 Okay
o.e.o.e.o

오에오에 오 Play Don't break
o.e.o.e　o

　（Put'em up Put'em up Put'em up Yo!）

1,2 Step dirty dirty beat

리듬에 니 몸을 맡겨
li.deu.me ni mo.meul mat.ggyeo

Groove it! Groove it! Groove it!

BTOB Back again

BTOB Change the game

BTOB Get your swag (on)

一瞬間感覺來了 一眼就被妳吸引

怎麼辦 我該怎麼辦

就像晚間連續劇常見的主角一樣

厚臉皮地靠了過去

紅色的唇膏 黑色的絲襪

一朵紅玫瑰 與呼喚我的眼神

今晚在這裡 舉辦只有妳和我

專屬我們的 Party oh party tonight

(Put'em up Put'em up Put'em up Yo!)

#

等級不同 與眾不同 姿 姿 姿 姿態不同

I like it I like it

有點不同 妳與眾不同 姿 姿 姿 姿態不同

I like it I like it

##

Don't break O E O E O Okay

O E O E O Play Don't break

Don't break O E O E O Okay

O E O E O Play Don't break

(Put'em up Put'em up Put'em up Yo!)

1,2 Step dirty dirty beat

讓節奏帶領我們

Groove it! Groove it! Groove it!

Groove it!

밖에서 밖에서 널 다시 만나고야 말겠어
pa.gge.seo ba.gge.seo neol da.si man.na.go.ya mal.ge.sseo

Get it! Get it! Get it! Get it!

짙은 아이라인 짜릿한 S 라인
ji.tten a.i.la.in jja.li.ttan la.in

탐스런 과일 날 부르는 너
ttam.seu.leon gwa.il nal bu.leu.neun neo

머리부터 발끝까지 Hot 한 너와 단둘이
meo.li.bu.tteo bal.ggeut.gga.ji han neo.wa dan.du.li

둘만의 Party oh party tonight
tul.ma.ne

(Put'em up Put'em up Put'em up Yo!)

#Repeat

그녈 보고 Hey! 나를 따라해 !
keu.nyeol bo.go na.leul dda.la.hae

안으로 밖으로 모든 이슈의 중심
a.neu.lo ba.ggeu.lo mo.deu ni.syu.e jung.sim

한번 잘못 빠졌다간 놓쳐 정신 그런 그녀에게
han.beon jal.mot bba.jyeot.dda.gan not.chyeo jeong.sin geu.leon geu.nyeo.e.ge

난 어울리게 변신
na neo.ul.li.ge byeon.sin

Hey Hey Movin' Movin' Hey Hey Movin' mountain

오늘 밤도 내 입은 가만있지 못해
o.neul bam.do nae i.beun ga.ma.nit.jji mo.ttae

그녀도 정신 못 차리도록 Say Hey Ya!
keu.nyeo.do jeong.sin mot cha.li.do.lok

#Repeat

##Repeat

급이 달라 남달라 Wow
keu.bi dal.la nam.dal.la

Groove it!

我想在其他地方再和妳見面

Get it! Get it! Get it! Get it!

濃厚的眼線 火辣的曲線

甜美的果實 與呼喚我的妳

與從頭到腳都性感的妳

專屬我們的 Party oh party tonight

(Put'em up Put'em up Put'em up Yo!)

#Repeat

看著她 Hey! 跟著我做 !

從裡到外都是話題的核心

一但迷上她就神魂顛倒

而我搖身一變成為最適合她的人

Hey Hey Movin' Movin' Hey Hey Movin' mountain
今晚還是無法管住我的嘴

讓她也神魂顛倒 Say Hey Ya!

#Repeat

##Repeat

等級不同 與眾不同 Wo

單字 / 片語	詞性	意思	例
딱	副詞	正好	사이즈가 딱 맞아요 . 尺寸剛剛好。
걸리다	動詞	抓住	딱 걸렸어 . 剛剛好抓住。
수목 드라마	名詞	星期三、四電視劇	수목 드라마 보니 ? 你有看星期三、四的電視劇嗎？
흔하다	形容詞	常見的	흔한 현상이네 . 是很常見的現象耶。
주인공	名詞	主角	이번의 주인공은 누구라고 했지 ? 你說這次的主角是誰？
뻔뻔히	副詞	厚臉皮	일은 안 하고 뻔뻔히 앉아 있어 . 不工作厚臉皮的坐著。
다가가다	動詞	走近	겨울이 다가가요 . 冬天近了。
빨간	冠形詞	紅色的	빨간 사과는 맛있어 보여요 . 紅色的蘋果看起來真好吃。
립스틱	名詞	口紅（lipstick 的外來語）	립스틱을 꺼내고 입술에 발라요 . 拿出口紅塗嘴唇。
까만	冠形詞	黑色的	까만 속눈썹은 너무 길어 . 黑色的眼睫毛好長。
스타킹	名詞	絲襪（Stocking 的外來語）	스타킹을 신는 것은 예의 있는 뜻이야 . 穿絲襪是一種禮貌的表現。
장미	名詞	玫瑰花	저기요 ~ 장미 한 다발 포장해 주세요 . 小姐～請幫我包一束玫瑰花。
송이	量詞	朵	장미 한 송이 주세요 . 請給我一朵玫瑰花。
단둘이	名詞	單獨倆	단둘이만 있는 공간이야 . 就只屬於我倆的空間。
둘	數詞	兩	둘이 형제예요 ? 你們倆是兄弟姊妹嗎？
맡기다	動詞	交由、委託	짐은 여기서 맡겨도 돼요 ? 行李可以寄放在這邊嗎？
짙다	形容詞	濃的	짙은 차 濃的茶
아이라인	名詞	眼線（Eyeline 的外來語）	아이라인을 잘 그렸어 . 你眼線畫得真好。
짜릿하다	形容詞	酥麻麻	짜릿한 느낌 酥麻感
S 라인	名詞	前凸後翹（S line 的外來語）	S 라인 변신 變身為 S line
탐스럽다	形容詞	令人喜歡	장미가 탐스러워요 . 玫瑰花令人賞心悅目。 · 補充：탐스럽다屬於「ㅂ不規則變化」
과일	名詞	水果	이 근처에 과일 가게가 있어요 ? 請問這附近有水果店嗎？
발끝	名詞	腳尖	머리부터 발끝까지 다 사랑해요 . 從頭到腳都愛。
(으)로	助詞	方向	안으로 오세요 . 來裡面。 · 補充：前一字沒有尾音時加로
이슈	名詞	事件（Issue 的外來語）	핫 이슈 頭版（hot issue）
어울리다	動詞	適合	손님은 밝은 색 더 어울려요 . 客人比較適合亮色系。
변신	名詞	變身	대학교에 들어가서 완전 변신이야 . 進入大學之後簡直是大變身啊。
입	名詞	嘴巴	입이 무거워 . 口風緊
가만 있다	慣用	呆呆不動	가만 있어 봐 . 等等。
정신 차리다	慣用	振作精神	정신 차려…헤어진 게 별 것도 아니잖아 . 振作起來～分手也不是什麼了不起的事啊～

28

文法

1. 名詞 ＋ 에서　從～ / 在～
- 例 대만에서 왔습니다 . 我從台灣來的。
- 例 한국 회사에서 일해요 . 在韓國公司上班。
- 例 어디에서요 ? 在哪裡？

2. 잘못 ＋ 動詞　錯誤地～
- 例 잘못 했어요 . 我做錯了。
- 例 잘못 걸었어요 . 打錯電話了。
- 例 잘못 짚어요 . 張冠李戴、猜錯。

3. 形容詞 / 動詞 ＋ 도록　表達到某種程度
- 例 열심히 하도록 하겠습니다 . 我會認真做的。
- 例 실수가 없도록 주의하세요 . 請注意不要犯錯。
- 例 밤 새도록 이야기를 나눠요 . 熬夜聊通宵。

EZ Korea 韓星帶你學韓語 讀者意見回函

特刊 2012流行韓歌大賞

凡回函者，就有機會得到獨家好禮！祝您幸運中獎！

❶ 滿意度調查

Q1 對於 EZ Korea 2012 流行韓歌大賞內容的各項建議：

請勾選滿意度	非常滿意	滿意	尚可	不太滿意	非常不滿意
封面設計					

原因：＿＿＿＿＿＿＿＿＿＿＿＿＿＿＿＿＿

| 封底設計 | | | | | |

原因：＿＿＿＿＿＿＿＿＿＿＿＿＿＿＿＿＿

單元內容

TROUBLE MAKER

| 報導頁面 | | | | | |
| 教學頁面 | | | | | |

BIGBANG

| 報導頁面 | | | | | |
| 教學頁面 | | | | | |

CNBLUE

| 報導頁面 | | | | | |
| 教學頁面 | | | | | |

SHINee

| 報導頁面 | | | | | |
| 教學頁面 | | | | | |

少女時代 -TTS 太蒂徐

| 報導頁面 | | | | | |
| 教學頁面 | | | | | |

f(x)

| 報導頁面 | | | | | |
| 教學頁面 | | | | | |

SUPER JUNIOR

| 報導頁面 | | | | | |
| 教學頁面 | | | | | |

2NE1

| 報導頁面 | | | | | |
| 教學頁面 | | | | | |

BoA

| 報導頁面 | | | | | |
| 教學頁面 | | | | | |

BEAST

| 報導頁面 | | | | | |
| 教學頁面 | | | | | |

FTISLAND

| 報導頁面 | | | | | |
| 教學頁面 | | | | | |

miss A

| 報導頁面 | | | | | |
| 教學頁面 | | | | | |

B.A.P

| 報導頁面 | | | | | |
| 教學頁面 | | | | | |

BTOB

| 報導頁面 | | | | | |
| 教學頁面 | | | | | |

Q2 吸引您購買 EZ Korea 2012 流行韓歌大賞的單元是？

＿＿＿＿＿＿＿＿＿＿＿＿＿＿＿＿＿＿＿

Q3 您最喜歡的三個單元是？

＿＿＿＿＿＿＿＿＿＿＿＿＿＿＿＿＿＿＿

Q4 您最不喜歡的三個單元是？

＿＿＿＿＿＿＿＿＿＿＿＿＿＿＿＿＿＿＿

❷ 讀者基本資料：

姓名：＿＿＿＿＿＿＿＿＿ □先生 □小姐

電話：＿＿＿＿＿＿＿ 手機：＿＿＿＿＿＿

E-mail：＿＿＿＿＿＿＿＿＿＿＿＿＿＿＿＿

地址：□□□＿＿＿＿＿＿＿＿＿＿＿＿＿

您是否購買過 EZ Korea □有 □沒有

您是否為 EZ Korea 訂戶 □是 訂戶編號：＿＿＿

年齡：□ 14 歲以下 □ 15-20 歲 □ 21-25 歲 □ 26-30 歲
□ 31-35 歲 □ 36-40 歲 □ 41-50 歲 □ 51 歲以上

教育程度：□國中 □高中 □高職 □大專 □大學
□碩士 □博士

學校科系：□韓語相關 □非韓語相關

韓語程度：□初學 □初級 □中級 □高級

婚姻狀況：□已婚 □未婚

職業：□商業 □金融 □資訊 □製造 □服務 □大傳
□自由 □公務 □軍警 □教師 □學生 □其他

您的職業是否與韓語相關？ □是 □否

❸ 我有意見想告訴 EZ Korea ！

❹ 有關 EZ Korea：（可複選）

Q1 您希望 EZ Korea 特刊還可以安排哪些內容？

□追星 □購物 □美妝 □旅遊
□語言學習 □文學 □流行新知 □政治經濟
□人物 □美食 □生活文化 □影劇
□其他＿＿＿＿＿＿＿

Q2 您購買 EZ Korea 2012 流行韓歌大賞之原因？

□喜歡封面 □喜歡報導內容 □提升韓語能力
□符合自己程度 □對主題感興趣 □其他＿＿＿＿＿＿

Q3 對於光碟的內容安排，您的使用心得或意見？

＿＿＿＿＿＿＿＿＿＿＿＿＿＿＿＿＿＿＿

＿＿＿＿＿＿＿＿＿＿＿＿＿＿＿＿＿＿＿

日月文化出版股份有限公司

10658　台北市大安區信義路三段 151 號 9 樓

EZ Korea 流行韓語教學誌

編輯部 收

讀者禮物

2 / 7 前將讀者意見回函寄回，就有機會可以得到下列贈品！

EZ Korea 2012流行韓歌大賞　讀者獨家好禮

2NE1 手環 x**2**組

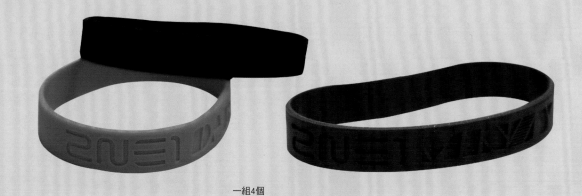

一組4個

*以上贈品由華納國際音樂提供

＊贈品將於 2/18進行抽獎。得獎名單將公布於《EZ Korea》官方Facebook及日月文化官網www.ezbooks.com.tw。

請以膠帶封口

本書歌詞刊載經下列版權公司授權：

TROUBLE MAKER

OT：Trouble Maker
OC / OA：LEE, HO YANG / SONG, JOO YOUNG / LE
OP：Musiccube Inc.
SP：Peermusic Taiwan Ltd.
擁有百分比：100%

MONSTER

OT：MONSTER
OC：G・DRAGON / CHOI, PIL KANG
OA：G, DRAGON
OP：YG ENTERTAINMENT
SP：EMI MS.PUB. (S.E.ASIA) LTD., TAIWAN BRANCH
擁有百分比：100%

依然愛你

OT：Still In Love
OC：Jung,Yong Hwa
OA：Kim, Jae Yang / Jung,Yong Hwa / Han, Sung Ho
OP：AI Entertainment Inc (Warner/ Chappell Music Korea Inc)
SP：Warner/Chappell Music Taiwan Ltd.
擁有百分比：100%

Sherlock

OT：Sherlock
CA：Yun-kyoung, Cho / Thomas Troelsen / Pegasus (Rufio Sandilands / Rocky Morris) / Thomas Eriksen
OP：SM Entertainment
SP：Avex Taiwan Inc.
擁有百分比：12.5%
OP：THOMAS TROELSEN PUBLISHING APS
SP：EMI MS.PUB. (S.E.ASIA) LTD., TAIWAN BRANCH
擁有百分比：87.5%

Twinkle

OT：Twinkle
CA ：Seo Ji Eum / Brandon Fraley / Jamelle Fraley / Javier Solis
OP：JAM FACTORY / SM Entertainment
SP：Avex Taiwan Inc.
擁有百分比：100%

Electric Shock

OT：ELECTRIC SHOCK
C A：Laseroms, Willem / Ten Hove, Maarten / Vermeulen Windsant, Joachim
OP：Presidential Suite Publishing
SP：Universal Ms Publ Ltd
擁有百分比：100%

Sexy, Free & Single

OT：Sexy, Free & Single (Korea version)
OC/OA：Daniel Obi Klein(*) / Thomas Sardorff / Lasse Lindorff
SA：Yoo Young-Jin
OP：DEEKAY MUSIC APS (c/o Fujipacific Music Inc)
SP：Fujipacific Music (S.E.Asia) Ltd.
Admin By 豐華音樂經紀股份有限公司
擁有百分比：40%
OP：SM Entertainment
SP：Avex Taiwan Inc.
擁有百分比：33.34%
OP：DEEKAY MUSIC
EMI MUSIC PUBLISHING
DENMARK AS
GL MUSIC A/S
SM ENTERTAINMENT
SP：EMI MS.PUB. (S.E.ASIA) LTD., TAIWAN BRANCH
擁有百分比：26.66%

I Love You

OT：I LOVE YOU
OC：TEDDY / LYDIA, PAEK
OA：TEDDY
OP：YG ENTERTAINMENT
SP：EMI MS.PUB. (S.E.ASIA) LTD., TAIWAN BRANCH
擁有百分比：100%

Only One

OT：Only One
CA：BoA
OP：SM Entertainment
SP：Avex Taiwan Inc.
擁有百分比：100%

美麗的夜晚

OT：아름다운 밤이야 (A REUM DA UN BAM I YA)
OC：SEO, WON JIN/ KIM, JI SEON
OA：WOO, JIN WON
OP：Musiccube Inc.
SP：Peermusic Taiwan Ltd.
擁有百分比：50%
OP：EMI MUSIC PUBLISHING KOREA LTD.
SP：EMI MS.PUB. (S.E.ASIA) LTD., TAIWAN BRANCH
擁有百分比：50%

我希望

OT：I Wish
OC：Lee, Sang Hoon / Kim, Do Hoon
OA：Han Sung Ho
OP：AI Entertainment Inc (Warner/ Chappell Music Korea Inc)
SP：Warner/Chappell Music Taiwan Ltd.
擁有百分比：50%
OP：Musiccube Inc.
SP：Peermusic Taiwan Ltd.
擁有百分比：50%

I Don't Need A Man

OT：남자 없이 잘 살아 (Nam Ja Eops I Jal Sal A)
CA：Jin Young Park
OP：A Soul Publishing
SP：Sony Music Publishing (Pte) Ltd. Taiwan Branch
擁有百分比：100%

NO MERCY

OT：No Mercy
CA：Ji Sang Hong
OP：A Soul Publishing
SP：Sony Music Publishing (Pte) Ltd. Taiwan Branch
擁有百分比：100%

WOW

OT：WOW
OC：Kim, Do Hoon/ Seo, Yong Bae/ Seo, Jae Woo
OA：Kim, Do Hoon/ Seo, Yong Bae/ Seo, Jae Woo / Park, Chung Min
OP：Musiccube Inc.
SP：Peermusic Taiwan Ltd.
擁有百分比：100%

韓流最強新人王

B.A.P

青春少年　潮人進化

THE 3rd ALBUM
B.A.P

THE 3rd SINGLE **STOP IT**

36頁帥氣寫真
台壓版精美大本印刷
台灣限定對開海報　送完為止！

 SONY MUSIC

EZ Korea

韓星帶你學韓語

2012 流行韓歌大賞

Super Junior

Sexy, Free & Single

BoA 寶兒〈Only One〉	**SUPER JUNIOR**〈Sexy, Free & Single〉	**少女時代 -TTS**〈Twinkle〉	**SHINee**〈Sherlock〉
f(x)〈Electric Shock〉	**BIGBANG**〈MONSTER〉	**CNBLUE**〈依然愛你〉	**FTISLAND**〈我希望〉 / **2NE1**〈I Love You〉
TROUBLE MAKER〈TROUBLE MAKER〉	**BEAST**〈美麗的夜晚〉	**B.A.P**〈NO MERCY〉	**miss A**〈I Don't Need A Man〉 / **BTOB**〈WOW〉